Eugen Kölbing

Untersuchungen ueber den Ausfall des Relativ-Pronomens in den germanischen Sprachen

Antigonos

Eugen Kölbing

Untersuchungen ueber den Ausfall des Relativ-Pronomens in den germanischen Sprachen

Unveränderter Nachdruck der Originalausgabe von 1872.

1. Auflage 2024 | ISBN: 978-3-38634-569-9

Antigonos Verlag ist ein Imprint der Outlook Verlagsgesellschaft mbH.

Verlag: Outlook Verlag GmbH, Zeilweg 44, 60439 Frankfurt, Deutschland, info@outlook-verlag.de
Vertretungsberechtigt: E. Roepke, Zeilweg 44, 60439 Frankfurt, Deutschland
Druck: Libri Plureos GmbH, Friedensallee 273, 22763 Hamburg, Deutschland

UNTERSUCHUNGEN

UEBER DEN AUSFALL

DES RELATIV-PRONOMENS

IN DEN GERMANISCHEN SPRACHEN.

Ein beitrag zur syntax des zusammengesetzten satzes

von Dr. EUGEN KÖLBING,

an der kaiserl. universitäts- und landesbibliothek zu Strassburg.

STRASSBURG,

SEITZ & MILLER.

1872.

Dr. phil. Theodor Gelbe,

oberlehrer an der realschule zu Döbeln,

in herzlicher freundschaft

zugeeignet

vom

verfasser.

Ehe es möglich wird, eine einigermassen vollständige übersicht der indogermanischen syntax herzustellen, bedarf es ohne zweifel noch einer menge von specialuntersuchungen innerhalb der einzelnen sprachgruppen, deren resultate sich dann erst werden zu einer höheren einheit zusammenfassen lassen. Am meisten ist da wol noch in bezug auf die syntax des zusammengesetzten satzes zu thun. Was wenigstens speciell die germanischen sprachen betrifft, so hat Jacob Grimm, der geniale baumeister des domes unserer deutschen grammatik, im vierten bande seines werkes bekanntlich nur die syntax des einfachen satzes behandelt, den übrigen gebieten derselben aber nur einzelne abhandlungen gewidmet. Einen kleinen beitrag in dieser richtung soll nun auch die folgende untersuchung über den ausfall des relativ-pronomens in den germanischen sprachen liefern; und zwar ist das material zu derselben aus allen gliedern dieser sprachfamilie entnommen, weil es nur auf diesem wege möglich ist, ein sicheres Urtheil über die verhältnisse zu gewinnen.

Wenn es jetzt wol als feststehend betrachtet werden darf, dass die entstehung des relativ-pronomens erst in die zeit nach der trennung der indogermanischen sprachen zu verlegen ist, so wird dies bestätigt durch die beobachtung, dass nicht nur die grossen sprachgruppen von einander abweichen in betreff des stammes, aus welchem sie dies pronomen bilden, sondern auch von den einzelnen näher verwandten sprachen innerhalb jener zur beschaffung oder ersetzung desselben ganz verschiedene wege eingeschlagen werden. Ich gehe deshalb jetzt die einzelnen germanischen sprachen daraufhin durch und beginne mit dem altnordischen.

Das altnordische demonstrativ-pronomen hat nie an und für sich relative kraft, und es wird daher das fehlende ergänzt durch das adverbium *es = er*, welches sehr selten allein steht, in der regel verbunden mit und gestützt durch ein demonstrativ-pronomen. Dass sehr häufig dieser letztere zweck des dem. sein einziger ist, sehen wir daran, dass es auch dann erscheint, wenn *allir, hverr, adrir, einn* etc. vorausgeht, wo nach unserem gefühle das dem. überflüssig ist, z. b. Isl. bók edd. Möb. 9,25 s: *Þa vas þat mælt í lögom at aller menn scylþi cristnir vesa oc scirn taca þeir es áþr vóro óscirþir á lande her;* Ebds. 4, 16 s. *Þa sættusc þeir á þat at hverr madr scylþi gjalda conungi V aura sá es eigi være frá því sciliþr;* Ebds. 10, 5 s.: *Enn kvómo hér aþrer V þeir es byscoper qvóþosc vesa.* Band. 9: *Engi madr sá er nokkurs er verdr* etc.; Sigurdar Saga fótar (cod. Holm. perg. 7. fol.) beginnt: *Þat er upphaf einar litillar sögu þeirrar er skrifud fannst á einum steinvegg í Cólni, at Knútr* etc.

Dies dem. richtet sich aber im casus nach dem substantivum oder substantivisch gebrauchten adjectiv, auf welches es zurückweist; z. b. Völ. 2: *Ek man jötna ár um borna, þá er fordum mik fædda höfdu;* Háv. 3: *Matar ok váda er manni þörf þeim er hefir um fjall farit.* Im ersten beispiel steht der acc. *þá,* obwol *er* den nominativ vertritt; im zweiten der dativ *þeim,* obwol *er* ebenfalls nom. ist. Nur in ganz wenigen fällen schliesst sich das dem. näher an das relativ an, zb. Völ. 14: *Mál er dverga í Dvalins lidi ljóna kindum til Lofars telja, þeir er sóttu* etc.; *þeir,* obwol das pron. auf den genetiv: *dverga* zurückweist, wir also *þeirra* erwarten würden; aber der in *er* liegende nominativ hat das dem. angezogen; etwas anders ist Hom. cod. Holm. perg. 15, 4° pag. 19⁴: *sá er rœgir sik sjálfan í syndum sínum, þann man djöfullinn eigi rœkja,* insofern hier die ænderung des casus (*sa* statt *þann*) ihren hauptgrund haben mag, in der wortstellung.*) Uebrigens möchte ich nicht mit Nygaard: Eddasprogets Syntax I p. 93 diese eigenthümlichkeit eine „ungenauigkeit" nennen, etc., wie wir später sehen werden, eine andere sprache diese art der zusammenfügung zur festen regel erhoben hat.

Wie bekannt kann dieses, das relativ vertretende adverb *es* in dieser Form sich enclitisch an das vorausgehende pron. dem. anschliessen, wodurch scheinbar das dem. zum relativ wird, ich sage scheinbar, weil, wie sich gleich zeigen wird, beide elemente ihre selbständige kraft behalten, falls wir nicht eine art von

---

*) Eine dritte stelle fand ich nachträglich in Ungers gammelnorsk homiliebog p. 31, 19: *Rœinlifi med litellœte man hafa lannz bygd hælags anda þann er brout recr drœin loste; þann er* für *þess er.* Vgl. die anmerkung Ungers z. d. st; ebds, p 219.

attraction annehmen wollen. Durchaus nicht **auffällig wären** unter dieser letzteren voraussetzung stellen **wie Völ.** 19: *þadan koma döggvar þœrs í dala falla; þœrs = þœr er*, wo beide elemente nominative geltung haben. Ebenso Grimm. 33: *Hirtir eru ok fjórir, þeirs . . . . gnaga.* Anders steht es bei den folgenden beispielen. Denn wenn wir in dem *-s* verbundenen dem. pron. ein relativpronomen sehen, so steht:

a) der accusativ für den nom: Völ. 30: *Sá hon þar vada þunga strauma menn meinsvaru ok mordvarga ok þanns annars glepr eyrarrúnn; þanns = eum qui*. Helr. Br. 10: *Þar bad hann einn þegn yfir at rida, þanns mér fœrdi gull þaz und Fafni lá; þanns = eum qui; þaz = id quod.* Atlm. 92: *Ilt er vin véla þanns þér vel trúir; þanns = þann er.*

b) der dativ für den nom: Háv. 3: *Eldz er þörf þeims inn er kominn; þeims = ei, qui.*

c) der accus. für den dativ: Háv. 45: *Ef þú átt annan þanns þú illa trúir* etc. *þanns = eum, cui*; ebenso v. 119.

Aber eine solche vertretung jedes casus durch jeden beliebigen anderen würde geradezu etwas beispielloses sein, wie sich im verlaufe unserer untersuchung noch deutlicher zeigen wird; überdies haben wir den historischen verlauf der sache so deutlich vor uns, dass wir sicherlich mit recht uns für die ansicht entscheiden werden, **dass, obwol zu einem worte verbunden, dennoch beide** elemente ebenso selbständig wirken, als in der sonderstellung; ich lege darauf besonderes gewicht, weil wir bei betrachtung des gothischen darauf zurückkommen und sehen werden, dass goth. *ei* altnord. *er* im gebrauche nicht ganz parallel steht.

Wie schon oben erwähnt, wurde der nordische demonstrativstamm im gegensatz besonders zum hochdeutschen, altsächsischen und angels. nie allein relativisch gebraucht und wir werden desshalb an den folgenden stellen unbedingt weglassung des relativen elementes zu constatiren haben.

A.) weglassung des rel. pron. im acc.

a) nach einem dem. pron. im nom. F. R. I, 293: *Sonr sá, ek átta.* Egils s. 68: *Dragvandill sá, brugdum.* Fm. S. II, 274: *Vinnur þœr, ek veit fœri.*

b) nach einem dem. pron. im genit. Sig. kv. I, 36[5]:

*Ek skal mærrar meyjar bidja ödrum til handa þeirrar, ek
unna vel.*

c.) nach einem dem. pron. im acc.: Sólarlj. 26: *Rei-
diverk þau, þú unnit hefir, bæt þú eigi illu yfir.**) Egils
s. 10 f.: *Hafdi hann fengit eignir þær, hann hafdi átt.*
Hungrv. 83, 10 s: *Klængr biskup lét prýda þat mest, hann
mátti til fá, kirkju.*

B) weglassung des rel. pron. im nom.

a.) nach einem dem. pr. im nom. Grág. I, 29:
þeir menn, till þess eru taldir. Isl. bók 6, 32 s.: *Enda
varþ secr Hœsna-þórer oc drepenn síþann oc fleiri þeir, at
brennnuni vóro.*

b.) nach einem dem. pr. im gen. Gudm. dr. II. 50: *Lofdungs
vinr þess, stýrir englum=amicus regis ejus qui angelis im-
perat.* Vafdr. 49, R: *hamingior einar þeirra í heimi ero;*
A bietet an dieser stelle *þær er.*

c.) nach einem dem. pr. im dat. Grág. I, 33: *i
imbro dögum þeim, a hvíta dögom verþa.*

d.) für die auslassung des rel. pron. im nom. nach einem
dem. im acc. ist mir — wol zufälliger weise — ein
gleichartiges beispiel nicht bekannt geworden; das von
Egilsson, Lex. poet. p. 678ᵃ aus Völ. 39 angeführte
gehört darum nicht hierher, weil Bugge ausg. p. 7 *þanns*
für das *þann* der älteren ausgaben schreibt.**)

Mit Absicht habe ich hiervon getrennt die von Möbius
(Höpfners und Zachers Ztschr. III p. 230) in der Skidaríma
(edd. Konrad Maurer, München 1869) namhaft gemachten stellen
für auslassung des rel. pron., weil die syntax der rímur überhaupt mehr freiheiten gestattet als das ältere isländisch (vgl.
Möb. l. c). Sie folgen hier:

v. 93: *Hér er sá madr, mik hefir lyst marga stund at finna.*

v. 100: *Fyrir þá neyd, þú fékst af mér* etc.

---

*) Bugge, Norr. Fornkv. p. 361 bemerkt zu dieser stelle: *þau,* oprindelig
kanské *þau er.* Bei vergleichung der parallelstellen wird uns dies weder
nothwendig noch durchaus wahrscheinlich vorkommen.

**) Ebenso habe ich absichtlich die zu A, c gehörige stelle: Sigurðarq.
II, 8 übergangen, weil Bugge wol mit recht folgendermassen interpungirt:
Enn er verra-þat vita þicciomc-nidia strid um nept,

v. 123: *Odinn gaf honum Asia lönd og allt þad, hann kjósa vildi.*

Endlich fasse ich noch folgende 5 stellen unter eine rubrik zusammen:

Riddarasögur p. 182, 8 s: *Þvi næst feldi hann þann, Vatternir hét;* so **a**; C bietet dafür: *þann riddara er Almágus hét.* Ebendas. p. 184, 7 s: *Ek er barnfœddr i borg þeirri, Salestra hét;* die stelle lautet in C: *i borg þeirri er Salnectia hét.* Ebendas. p 190, 21: *ok sat á hesti þeim, hann kalladi Médard;* auch hier fügt C *er* hinzu. Fm. S. X, 378: *Björn kaupmadr, sumir kalla Bunu.* Alex. S. p 39: *Kallar á girzkan riddara, Horestus heitir.*

Wenn wir alle diese stellen übersehen, so ergiebt sich erstens, dass unter den älteren beispielen, mit ausnahme von Hungrv. 83, 10, wo überhaupt kein substantiv steht, sich nur eines findet, wo das dem. bei auslassung des rel. artikelartig vor dem subst. steht (Grág. I, 29); häufiger erscheint dies erst in den aus den rímur beigebrachten beispielen. Es erhellt ferner, dass obwol *er* für alle casus gebraucht werden kann (vgl. Nygaard l. c. p 89 ss.), es doch nur, für nominativ und accusativ stehend, weggelassen werden kann, wenn auch nach allen casus des dem. Was die letzten vier stellen betrifft, die ich zusammengestellt habe, so haben sie das gemeinsam, dass die relativsätze zur bezeichnung von namen dienen; auch bei den letzten sätzen, die sogar des demonstr. entbehren, wird man nicht wol annehmen dürfen, dass *hann* zu ergänzen sei, da sonst das verbum weiter vorn im satze stehen würde. Dass auch in andern sprachen ähnliche sätze das rel. pron. missen können, wird sich später zeigen. Andeuten will ich auch, dass grade in den beiden stellen, wo sich ein substantivum nicht fand (Hungrv. 83, 10, Skidar. v. 123) mit dem dem. pron. quantitätsbegriffe *(mest, allt)* verbunden waren.*)

Untersuchen wir nun weiter, wie es mit der auslassung des rel. pr. in dem andern zweige der nordischen sprachen, dem schwedisch-dänischen, steht. Es folgt zunächst eine grössere

---

*) Dem gewonnenen resultate gemäss sollte dann auch an den betreffenden stellen richtig interpungirt werden, d.h. an stellen wie Sig. kv. I, 36 in den worten *handa-vel* entweder jedes zeichen fehlen oder ein komma nach *þeirrar* stehen. Steht ein komma vor diesem wort, so muss man es für ein rel. pr. halten.

anzahl von beispielen, die um eine übersicht zu ermöglichen, von vorn herein geordnet sind unter voraussetzung der richtigkeit unseres postulates, der auslassung des relativen pron. Der beweis wird später geliefert. Ich beginne mit dem Altschwedischen.

A) weglassung des rel. pron. im acc.

  a.) das vorausgehende pron. dem. steht nicht artikelartig vor einem subst. Fsv. Leg. p. 538, 10: *sagdhe sik wara then, hon predikadhe;* ebenso das. p. 534, 13 ss.

  b.) das pron. dem. steht artikelartig vor einem subst. oder adj.

    a.) ohne eine weitere hinzufügung. Herra Ivan v. 987 s: *Slik riddara veet iak ey til væra som thæn herra iak hafuer mist.* Ebds. v. 1060 s: ... *iak hafuer vrækt mz mykin æra thæn last, hans frænde hafdhe at kæra.* Ebds. v. 466: *fore then last i giordho mik hære.* Ebds. v. 306 s: *thz gör iak om dagha langa, the diwr at gøma, thu seer hær ganga.* Ebds. v. 876 s: *Iak thakkar idher innerlika gærna fore the radher, ij giordhin vidher mik hærna.*

    b.) mit hinzufügung eines quantitätsbegriffes.

      1.) einer vergleichung:

      H. I. v. 341 s: *Hær ligger een kælda skampt ij fra, the vænasta, man mz öghon sa.* Ebds. v. 1344 s: *Hær er ater komin thæn same sween, ij sændin herra iwan ij geen.* Fsv. Leg. p. 230, 26: *Oc læt the same læst, han skreff mz sinom handom nær sik iordha.* Ebds. p. 232, 14 s: *Tha sændhe han en malara til war herra at læta mala thz likaste anlete warum herra, han gate.*

      2.) des wortes *all:*

      H. I. v. 662 s: *Han kunne thz ey fulsighia hær aff alle the æro, han fik thær.* Ebds. v. 1147: *Thz ær all sant, hon sigher mik.* Fsv. Leg. I p. 19, 23 s: *Iak huxaþe hæmnas min harm a þina konu for all þæt ve, hon gør mik.* H. I. v. 1716 s: *Ij vilin heem mz mik at ridha mz all thz folk, ij hafuin hære,*

B) weglassung des rel. pron. im nominativ.

  a) das vorausgehende pron. dem. steht nicht artikelartig vor einem subst. Fsv. Leg. p. 206, 2 s: *Þolik present höre œke mik: vtan þöm, þænna ham œlska.* Ebds. p 214, 14 ss: *Jak gifwir tik .... spekt vidh them, thik pina; lætta lundh vidh them, tik illa hanna.* Ebds. p. 20 s: *liws at liusa thom, i mørkreno waro.* Das dem. steht ewas weiter vorn im satze: Fsv. Leg. p. 232, 5 s.: *the skula thro mik aldre saghu.* Ebds. p. 234, 32 ss: *Ok sagdhe them skula fa hedher ok œru, som sant hafua sagth ok them bathe skam ok skadha, lughit hafua.* Diese stelle ist für uns besonders darum wichtig, weil im ersten rel. satz die partikel *som* als vertreter des rel. pron. steht, im 2ten fehlt.

  b) das pron. dem. steht artikelartig vor dem subst. oder adj.

  a.) ohne eine weitere hinzufügung:
Fsv. Leg. p. 543, 25 ss: *Margareta badh sina bon til gudh for œn hon gik wndi swærdh badhe for þem, som henna mintus mz hedher ok akallan, ok swa sœrlika for them quinnom, j barnsbyrdh qwœlias.* Auch hier der wechsel zwischen setzung und auslassung des rel. pr. wie im vorigen beispiel. H. I. v. 790 ss: *Miin frw hafuer fangith swa ·mykin sorgh, ok alt thz folk a þœsse borgh œpter thœn herra, os hafdhe at valda.* Ebds. v. 1132 s: *Aff alt idhart folk maghin ij ey finna thœn riddara sik thor vnder vinna idhart land swa vakta ok göma* etc. Ebds. v. 1502 s: *vi thörfuiin nu alle een godhan forman, minna frugho rikœ vœl vœria kan.* Nur findet sich in diesem beispiel statt des bestimmten artikels der unbestimmte.

  b.) mit hinzufügung eines quantitsbegriffes:
    1) einer vergleichung:
      H. I. v. 1547 s: *Thœn förste hiort, for hœnne stoodh hon kastadhe han nidher* etc.
    2) des wortes *all.*
      Fsv. Leg. p. 208, 2 s: *Sua som iak giorþe iþar alla hela hœr laghen siuke, sua gør iak þœtta hus hœlagh-at.* Ebds. p. 500, 30: *ok lœt han leþa til mörko hus*

ok alla þöm halshuga, œpte hanom voro. Ebds. p. 107,
13: ***Tha tedhis gudz œngla allo godho folke, vm kring
stodh.***

c.) mit hinzufügung einer negation; das dem. fehlt:
Fsv. Leg. p. 21, 1 s: *thy ey war mœnniskia nœr, hialþa
kionne.*

C) weglassung relativer adverbien:
Fsv. Leg. p. 208, 18: *Þa foro þe huar sin vœgh þœþan
i folks asyn. guz œngel tel himna ok diœwlen þit, hanom
var buþit.* Ebds. p. 221, 19: *hon skulle ey lœngher gaa
utan the gik til thz closter, hon førra war.* Ebds. p. 230, 22:
fra thœn dag han upreste konungs son aff dødha.

Es folgen nun beispiele aus dem altdänischen in ähn-
licher übersicht:

A) weglassung des rel. pron. im accus.
  a) das demonstr. ist vorhanden.
  a.) ohne sonstige hinzufügung. Brandt, gammel-
    dansk Læsebog p. 213, 11 ss: *I thet samme han til hann-
    em lawde met thet lidhet swerd, han haffdœ, tha fek konning*
    etc. Ebds. p. 101, 13 ss: *iœk swœr thet .... ath œr thet
    santh, thu haffwer mik sagth .... iœk skal* etc.
  b.) verstärkung des demonstr. durch *all*. Ebds.
    p. 70, 11 s: *All thœn spot oc hœnœ, the kunnœ gorœ
    kors oc beliœ i kirœkr oc kristnœ mœn, thœn giordœ
    thee.* Ebds. p. 10, 23 ss: *Sva œr ok um ørœ manz ok
    allœ þe limmir, man ma hylia mœþ hare sinu.*
  b) das demonstr. fehlt; dafür der unbest. art.
    Ebds. p. 69, 7 s: *Vor tha een hande folk, man kallœ Gothi.*
B) weglassung des rel. pron. im nominativ.
  a) das demonstr. ist vorhanden.
  a.) ohne sonstige hinzufügung. Ebds. p. 82, 31 s:
    *Gifuer oc Gudh thenne koning søn, eller them, efter hanom
    kommœ, en søn eller flere, tha scal* etc. Ebds. p. 230, 19 s:
    *Han er rœdenthes for then mackth, hannum er befaleth aff
    Herren.*
  b.) verstärkung des demonstr. durch *all*. Ebds.
    p. 38, 4: *oc alle the dela thøm kombir i mellum skal ey annar-
    stath deles.* Ebds. p. 40, 13 ss: *Waldemar, aff Guths nathœ*

*Dana ok Windæ konung, sændir ollum thøm, i Skanę bo,
quethie oc sina natha.* Ebds. p. 27, 8: *oc hinæ andræ
sveriæ alt thet same mæth hannum, hans frændær æræ.*

b) **ein dem. pron. fehlt.** Ebds. p. 77, 1: *Allæ mæn,
thettæ bref ser, helsær iak.* vgl. dagegen ebds. p. 87, 18:
Allæ the thette breff høre eller se eller høræ . . . . scal etc.
Vgl. ferner ebds. p. 30, 6: *Witæ skulæ allæ the, thær
thennæ bok ser, at* etc. Ebds. p. 29, 20: *Thæt er kunn-
ungs amboth oc høfthings, i landæt ær, at gømæ domæ.*
Zweifelhaft sind folgende 2 stellen. Ebds. p. 66, 15;
Tha førthæ Jutæ Dan til en sten, heter Danælineg. Ebds.
p. 73, 12: *ok tok sin faders hielm oc eth suerd, hedh
Skreph.* Ich bin geneigt, vor *heter* und *hedh* auslassung
eines dem. pron. anzunehmen, weil das verbum **vor**
dem substantiv steht. Anders verhält es sich mit den
pag. 9 angeführten isl. beispielen, wo im nebensatz
ebenfalls namen genannt wurden.

C) **weglassung relativer adverbien.**
Br. p. 143, 1: *Thy giek han tid, hinnæ moder war.* Ebds.
p. 30, 7 s.: *then timæ, han hafthæ wæræt kunung.* Ebds.
p. 215, 11: *I thet samme, han til hannem lawde — tha fek
konning* etc. Vgl. dag. p. 102, 9: *I sammæ stundh som
hwn haffdhæ thæssæ ordh sagth, tha bødh* etc.

Dass aus der classificirung aller dieser angeführten stellen
sich ergebende resultat ist folgendes: im altschwedischen sowol
wie im altdänischen ist die auslassung der das relativ-pronomen
ersetzenden partikel viel gewöhnlicher, als im isländischen; während
uns dort im ganzen nur sehr wenige beweisstellen zu gebote
standen, bieten sich dgl. hier fast auf jeder seite: die grundbe-
dingung der auslassung ist jedoch dieselbe hier wie dort; nur
im nominativ oder accusativ kann die sprache das relativum
missen, in diesen beiden sprachen allerdings auch als locales adverbium. Natürlich lässt sich bei dieser fülle von belegstellen
leichter näheres über das vorkommen dieser grammatischen licenz
feststellen, als dies im isl. möglich war; es ergibt sich, dass das
vorhergehen eines demonstrativ-pronomens nicht durchaus gefordert
wird, besonders zeigte das altdän. solche stellen; namentlich gern
wird das rel. pr. unterdrückt nach quantitätsbegriffen, mögen diese in

einer comparationsstufe oder worten wie *all* etc. bestehen; ferner nach negativen sätzen, die freilich mit den eben erwähnten eng verwandt sind.

Es könnte nun aber die Frage aufgeworfen werden, ob wirklich in allen diesen fällen auslassung des relativen elementes anzunehmen sei, oder ob nicht vielmehr eine art von attraction stattfinde. Darauf ist zu bemerken: 1.) Eine auslassung des rel. pron. ist in einer reihe von fällen, zb. in negativen sätzen, wie Fsv. Leg. p. 21, 1, ferner bei namenangaben, wie ebds. p. 69, 7, ebenso Brandt p. 77, 1 nach *allæ* und ebds. p. 29, 20, auch ohne dass ein solcher begriff vorausgeht, u n l e u g b a r anzusetzen; 2.) Das relativpronomen als deklinirbares wort ist sowol im altschwed. wie im altdän. ziemlich selten; schwedisch tritt es auch da meist in verbindung mit *som* auf; zb. Fsv. Leg. p. 217, 7: *En konungh i samma rike haffde dotter, huilken som førstodh mz sannom skælom* etc.; ebenso p. 219, 22 s: *hans handaløsa hwstru haffwer søth eth trol diæfflenom likast hwilket som haffwer stort hwffudh* etc. In der regel findet sich nur *som*, zb. Fsv. Leg. p. 207, 10: *sagþe sik vara bunden i elde af ihesu christi ænglom, som iuþa çorsfæsto;* auch nach *sami*, zb. Fsv. Leg. 536, 5: *han ær thæn sami som lifsins wægh hafwir bewiist;* nach *all: ok alla the a knæ falla, som fram ganga;* ferner *ther* als adv, Fsv. Leg. p. 585, 7: *En dagh ther alexius sat for kirkio durom etc.; thit-som* Leg. p. 585, 14. — Im dänischen ist die zahl der supplemente des rel. noch grösser, vor allem *ær*, das natürlich dem nordischen *er* entspricht, zb. Brandt p. 12, 18 ss.: *Fa þe skaþæ af, bøte hin, ær gærþæ ate ok up tok, atær skapæn ofna sæþ allum þem, ær fingu, ok til hværium þem, ær kæræ vil siaghs øræ ællær siatæ manz eþ.* Ferner findet sich *sum* = schwed. *som;* zb. Br. p. 20, 6: *Tha aghæ the thæræ foræ at bøtæ sum til kumær.* Am häufigsten erscheint *thær*, entsprechend dem ahd. und altsächs. *thâr*, sowie dem fries. *der* oder *dir*; z.b. Br. p. 19, 7 s.: *Thet skal men oc vitæ, at thessæ thry, thær nu æræ sagh, the æræ orbotæ mal. Allæ-thær* findet sich Br. p. 29, 16 ss: *æftær allæ mænsz thyrft, thær i land bo;* vgl. p. 40, 13, wo eine ganz ähnliche wortfügung ohne ein rel. steht; ferner *hin-thær* Br. p. 29, 5; *þæt-þær* p. 29, 8; 144, 31. Als relatives adverb wird *tha* gebraucht, zb. Br. p. 100, 1: *I then thymæ, tha Maximianus kæysære war styrændhæ och radhendhæ, hwilken som hathædhe cristendomen;*

vgl. p. 30, 7: *then timœ, han hafthœ wœrœt kunung.* Selten begegnet *thet,* zb. Br. 28, 2 s.: *Vil han œnti givœ œllœr seliœ andrœ mannœ thet han gitœr ey burghit, tha havœr han thœs vœl kost,* falls nicht hier auch *thet* demonstrativisch zu fassen und vor *han* das komma zu setzen ist. — Beispiele von einem declinicrbaren rel. pron., das mit dem dem. denselben stamm hätte, sind mir weder im altdänischen noch im altschwedischen vorgekommen, so dass in sätzen, wie Fsv. Leg. p. 214, 20: *at liusa thøm i mørkreno waro, thøm* unmöglich ein attrahirtes pron. rel. sein kann; wenn das pron artikelartig vor dem subst. oder adj. steht, natürlich noch viel weniger. Aber selbst wenn ein solches rel. pron. existierte, so würden stellen, wie Fsv. Leg. p. 234, 32 (angeführt p. 11) und ebds. p. 543, 25 (angeführt p. 11), wo in zwei parallelen relativsätzen das erste mal *som* als vertreter des rel. auftritt, das zweite mal dieselbe fassung des satzes ohne dies *som* erscheint, uns schon nachdrücklich genug auf den richtigen weg weisen. — Für beide sprachen werden wir also unser postulat für bewiesen ansehen dürfen.

Gehen wir nun weiter zum angelsächsischen und prüfen wir diesen dialekt im blick auf unser thema. Im voraus mag bemerkt werden, dass hier entweder rel. und dem. pron. dieselbe form haben (vgl. Koch, hist. grammatik der englichen sprache II § 347), oder das rel. durch das adv. *þe* allein ersetzt oder endlich das dem. verstärkend zu demselben hinzugefügt wird (vgl. Koch l. c. § 349). Doch richtet sich dies dem. pron. dann ebenso wie im nordischen, nach dem subst., auf welches es zurückweist, zb. Kr v. 98: *Þät is vuldres beám se þe älmihtig god on þrovode; se* ist nom., auf *beám* zurückweisend; ebenso Dan. v. 16: *Hi oft fela folco gesceódon þára þe him hold ne wäs.* Dass auch hier das demonstrativum häufig nur steht, um das *þe* zu stützen, sehen wir aus stellen wie B. v. 1054: *þonne œnne, þonne þe Grendel ácvealde.* Rä. 41⁹⁶: *se hondvyrm, se þe häleda bearn seaxé delfad.* — Stellen wir für unsern zweck auch hier erst eine genügende anzahl beispiele zusammen, ehe wir uns auf die untersuchung, ob auslassung eines relativ-pronomens, oder attraction anzunehmen sei, einlassen. Sie folgen hier.

A) Attraction des ursprünglich im accus. stehenden rel. pron. durch einen vorhergehenden nominativ, oder weglassung des rel. pron. im a c c. El. v. 1194 s: *Bið þät beácen gode hálig nemned and se hvāteádig viggé veordod se, þät vicg byrd.* Grein übersetzt die letzten worte sprachschatz I p. 91 unter „beran": *is quem equus fert.* Gen. v. 2115 s: *Ac hie god flŷmde, se þe ät feohtan mid frumgárum vid ofermägnes egsan sceolde handum sínum and hálegu treóv seó, þu víd rodora veard rihte healdest.* Das mscr. bietet v. 2119 *seo;* dass Bouterwek *svá* haben soll, ist ein irrthum Greins.*)

B) Attraction des ursprünglich im acc. stehenden rel. pron. durch einen genitiv oder weglassung des rel. pron. im acc. Gen. v. 1426 ss: *hvonne him lífes veard freá almihtig frécenra sída reste ágeáfe þæra he rúme dreáh.* Das mscr. hat *þære,* ebenso Bout., der aber im glossar unter *dreógan* ein fragezeichen zu dieser stelle setzt. Greins correktur: *þæra,* bezüglich auf *sída* ist gewiss zu adoptiren. Met. 28^{55} s: *ac þät dysie folç þäs, hit seldnor gesihd, svídor vundriad.* R. d. Seel. v. 147 ss: *Forgif þú me, mín freá, fierst and ondgiet and geþyld and gemynd þinga gehvylces, þára, þu me, sódfäst cyning, senda vylle.*

C) attraction des urspr. im nom. stehenden rel. pr. durch einen zu ergänzenden acc. oder weglasdes rel. pr. im nom. Cr. v. 22 s: *Húru ve for þearfe þás vord sprecad, mód geómre hálsigiad þone, mon gescóp.*

D) attraction des urspr. im nom. stehenden rel. pr. durch einen vorhergehenden oder zu ergänzenden genetiv oder weglassung des rel. pr. im nom. Rä. 56^{5} s: *róde tácn þäs, us tó roderum up hlædre rœrde.* El. v. 566 ss: *noldon . . . . hire andsvare ænige secgan torngenídlan þäs, heó him tó sóhte.* Gen. v. 483: *svá hvá svá gebyrgde þäs, on þam beáme geveóx.* Von *geveáxan* kann je-

---

*) Dietrich will (H. Z. X p. 332) *and* in v. 2118 als praeposition auffassen, so dass: „*and hálega treóv*" wäre ἀντὶ τῆς πίστεως, übersieht aber dabei, dass, wenn *treóv* accusativ wäre, das folgende *seó* in der luft schwebte, da, wie oben erläutert wurde, das das rel. *þe* stützende dem. pron. stets im casus des subst. stehen muss, auf welches es zurückweist. Man wird also bei der interpretation bleiben müssen: die feinde verscheuchte gott und der heilige glaube. Man vgl. übrigens zu dieser immerhin etwas auffälligen parallelisirung Exod. v. 280: *hú ic sylfa slóh and þeós svídre hand* etc.

denfalls kein gen. abhängen; zu bemerken ist freilich, dass dies auch die einzige stelle zu sein scheint, wo *gebyrgan* mit dem gen. vorkommt.

Zu trennen von diesen stellen ist Andr. v. 717 ss.: *Þis is anlicnes engelcynna þäs bremestan, mid þám burgvarum in þære ceastre is.* Grein übersetzt: *Dies ist des angesehensten der engelgeschlechter wahres abbild, die bei den bewohneru der burg sind in dem saale.*

E) **attraction des urspr. im nom. stehenden rel. pron. durch einen vorhergehenden oder zu ergänzenden dativ oder weglassung des rel. pron. im nom.** Gen. v. 1757 s: *lisse selle vilna västme þám, þe vurdiad.* Aus dem sinne dieser stelle geht hervor, dass *þe* acc. sing. des pron. der 2ten pers. ist, also nicht etwa relativ-partikel. Gen. v. 2293: *vuna þæm, þe ágon!* == *apud eos qui habent te servam;* auch hier ist also *þe* pers. pron. Crist v. 140 ss.: *Sé väs æ bringend lára lædend þám, longe his hyhtan hidercyme.* Crist v. 921 und Beóv. v. 2199 trage ich bedenken hier als belegstellen anzuführen, weil auf das betreffende pron. *þær* folgt, welches hier wol eine ähnliche funktion hat, wie die entsprechende partikel der nordischen sprachen.

F) **attraction des urspr. im dat. stehenden rel. pron. durch einen zu ergänzenden acc. oder weglassung. des rel. pron im dativ.** Gen. v. 857: *viste forvorhte þá, he ær vlite sealde.*

Dies ist der grösste theil der hierher gehörigen beispiele, die, bei der reichen angelsächsischen literatur, immerhin selten genannt werden müssen. Es fällt, wenn man dieselben mustert, zunächst auf, dass ausser Gen. v. 857, wo sicherlich mit Grein *þám* für *þá* zu schreiben ist, das rel. pron. grade nur im nom. und acc. durch beliebige andere casus attrahirt worden ist, während nach der anderen ansicht das rel. pron. nur als nominativ und accusativ fortgefallen ist, was genau zu der praxis der nordischen sprachen stimmen würde und desshalb schon viel wahrscheinlichkeit für sich hat. — Wir sahen oben, dass für *se-þe* sehr häufig *se — se þe*, also wiederholung des dem. pron. sich findet, und dass dies zweite dem. pron. dann natürlich dem ersten gleichlauten muss;

vgl. Beóv. v. 1054. Wenn sich nun an der unter A angeführten stelle El. v. 1194 zwei solche gleichlautende pronomina: *se-se* finden, und wir für das letztere des verbi wegen, das einen objectsaccusativ fordert, entweder *se þe* oder *þonne* erwarten müssen, da liegt es denn doch wol näher, den wegfall der kleinen partikel *þe* anzunehmen, als zu glauben, *se — se* sei durch attraction aus *se — þonne* entstanden. Dazu kommt, dass ein analogon für die attraction eines obliquen casus durch einen nominativ sich nirgends finden dürfte. Nehmen wir aber hier eine auslassung von *þe* an, so können wir Gen. v. 2119 nicht anders auffassen, um so mehr als dort nicht einmal im vordersatz ein dem. pr. steht, welchem sich der urspr. accus. des rel. assimiliren könnte, sondern nur ein substantiv (*treóv*). Grein bemerkt zu dieser stelle: *seó* attraction für *seó þe* (*ea quam*); also auch er scheint nicht an eine attraction, wie die oben angedeutete, sondern nur an eine attraction der sätze, in folge der weglassung des *þe* zu denken, und unsere anschauung stimmt damit ja ganz überein; nur hätte ich nach dem unten ausführlicher zu besprechenden aufsatze J. Grimms: „Ueber einige fälle der attraction,“ der mit diesem worte fast das gegentheil meint, diesen ausdruck hier lieber nicht gesehen. — In sämmtlichen belegstellen steht das pronomen, dessen charakter fraglich ist, allein an der grenze zwischen beiden satzgliedern; nur eine stelle ist mir begegnet, zu der auch Grein keine weitere bemerkung macht, wo dies nicht der fall ist: Andr. v. 717 s.; sie ist desshalb für uns von wichtigkeit, weil hier *þäs* v. 718 als dem. pron. ganz unentbehrlich ist, und schon darum nicht als relat. aufgefasst werden kann; man beachte ausserdem, dass die weglassung des rel. pron. nach einem superlativ (*bremestan*) uns schon von den nordischen sprachen her geläufig ist. Sind wir aber gezwungen, diese drei stellen so zu beurtheilen, so werden wir die übrigen doch schwerlich anders auffassen dürfen; zu Gen. v. 1757 s. und 2293 ist noch zu bemerken, dass jenes unmittelbar auf das pronomen folgende *þe = te* den ausfall der gleichlautenden relativ-partikel erleichtern mochte. Ebenso wird das nicht seltene *þäs* ohne *þe = desswegen weil*, oder: *dafür, dass*, zu erklären sein.

Wir werden also zu dem endresultat kommen, dass im angelsächsischen unter denselben bedingungen, wie im altnordischen zuweilen die ein declinirtes rel. pron. ersetzende partikel ausgefallen ist.*) Es wird dadurch die etwas voreilige behauptung Kochs l. c. § 363, dass das rel. pr. im ags. nur scheinbar fehle, direkt widerlegt. Das von ihm angeführte beispiel Bed. I, 27: *be þám ylcum fœderum, wë fore sprëcende wǽron, ǽwriten is,* ist allerdings auch mir darum verdächtig, weil *be þám þe* ergänzt werden müsste, während im übrigen *be þám ylcum* recht gut zu *then sami* im schwedischen und dänischen passen würde, wo, wie wir oben sahen, als nach einem comparationsbegriff, der wegfall des rel. pron. nicht ungewöhnlich ist.

Dass in den späteren perioden der englischen sprache die weglassung des rel. pron. viel häufiger wird, ist bekannt. Koch bringt eine anzahl beispiele bei, ohne sie strenger zu sondern. Namentlich ist die weglassung des rel. häufig nach negativen hauptsätzen, und dann natürlich ohne vorhergehendes dem., z. b. P. L. v. 3982: *Was none in tente ne toun, behind hin durst be;* ebenso v. 5673: *Was never prince, more had treie and tene.* Wie das französische *c'est* hier eingewirkt haben soll, wie Koch l. c. bemerkt, hinter welchem das *qui* doch wol nie ausfiel, verstehe ich nicht. Ueberhaupt kann hier nicht von französischer einwirkung die rede sein, da sich ja im altschwed. ganz entsprechende stellen fanden; vgl. Fsv. Leg. p. 21, 1. Eine auslassung des rel. nach artikelartig vorhergehenden dem. findet sich 1) als a c c. R. G. v. 6525: *Ychylle wel þy made yelde by þe treuþe ych ou to þe (den lohn, welchen ich dir schuldig bin).* 2) als nom. P. L. v. 4908: *I kan not say the pris, was gyuen for his ransoun.* Ebenso mittelenglisch, z. b. nach negativen sätzen: Ch. v. 3930: *Ther was no man, for peril dorst him touche.* P. P. v. 3528: *Ac there was wight noon so wys, the way thider kouthe.* Ch. v. 7641: *Ther is no win, bereveth me my might.* — Unter die rubrik der vergleichungsbegriffe würde fallen Ch. 6677: *Ye faren like a man, has lost his wit.* Vielleicht ist hieher auch zu rechnen Ch. v.

---

*) Demgemäss sollte dann auch in den ags. texten die interpunktion geregelt werden. Entweder muss man in sätzen, wie Gen. v. 483 garnicht interpungiren, wie es Bouterwek durchführt, oder das komma h i n t e r *þás* setzen; falsch ist meines erachtens ein komma v o r *þás*, wie es sich bei Grein findet; es würde dies documentiren, dass man *þás* für ein rel. hielte. Vgl. die anm. p. 9.

7879: *as still and coy, as doth maid, were newe spoused.* Wegfall eines relativen adverbs findet sich Town M. p. 58: *The place, thou standes in there, is hallowed well.* Ueber Shakspeare vgl. Koch l. c.

Es ergiebt sich also, dass im wesentlichen, wie das angelsächsische dem isländischen, so das altenglische dem schwedisch-dänischen in bezug auf die weglassung des rel. pron. ähnelt.

Der friesische dialekt liefert uns für unseren zweck keine ausbeute. Zum ausdrucke des relativi dient hier das adverb *der* oder *dir* und zwar für alle casus, numeri und genera; z. b. Rüst. 41, 17 ss: *hit ne se thet hi thenne biade thera fiuwer nedskininga en, ther thi fria Frisa fon riuchta hach te dwande* = *nisi sit quod ille præbeat illorum quattuor exceptionum vel nedskine, quam liber Friso habet de jure facere; ther* = *quam.* Ferner B. 151, 9: *Thi talemon withe tha sibbe, ther vr thene sueren heth.* B. 156, 10 s: *Thet hus ther eberned is, thet wertherie thi rediena; ther* = *quod.* R. 5, 8 s.: *Rednath and Kawing, alsa hiton tha forma twene ther to Frislonde thene panning slogon; ther* = *qui.* Ebenso wird aber auch *the* relativisch gebraucht, z. b. R. 12: *Sa is the fretho, the ther on ebreken is.* R. 128, 27: *mith tha prestere, the weldich is.* R. 130, 5: *analle thie the milh unriu̇te to breue cumi, thi skil of sunder panningon.* — Dagegen habe ich keine stelle gefunden, wo das rel pron. oder adv. weggefallen wäre, was vielleicht darin seinen grund findet, dass uns dichtungen, in denen dergleichen auslassungen immer näher liegen, als in der prosa, nicht überliefert sind.

Da wir jetzt mit dem ersten abschnitte unserer untersuchung fertig sind, so dürfte es geeignet sein, einen kurzen rückblick auf die dadurch gewonnenen resultate zu werfen. Es hat sich herausgestellt, dass sowol im isländischen und angelsächsischen einerseits, wie im altschwedischen, altdänischen und altenglischen andrerseits sich sätze finden, wo mit oder ohne vorhandensein eines dem. pron. das relative element ausgelassen ist. Dass aber wirklich das letztere, und nicht das demonstrativum entfernt worden ist, erhellte vor allem daraus, dass ausser im ags. — das aber auch nur theilweise eine ausnahme macht — jenes das relativum bildende element eine durchaus andere form hat als das dem., oder vielmehr, dass es durch relativpartikeln ersetzt werden muss. Eben darum kann auch in diesen dialekten der fall nicht eintreten, das das rel. im casus dem vorhergehenden demonstrativ-begriff oder substantivum assimilirt, dass es von ihm attrahirt wird, weil es unveränderlich ist, während es als schwach betontes wörtchen, das sich sogar enclitisch hie und da an ein vorher-gehendes demonstrativ anschliessen kann, sehr leicht fortfallen konnte. Jedenfalls glaube ich nachgewiesen zu haben, dass min-destens ein theil der germanischen sprachen eine offenbare neigung zur auslassung des relativ-pronomens hat, und zwar namentlich nach vergleichungsstufen, nach quantitätsbegriffen überhaupt und nach negativen sätzen, in den letzteren natürlich selbstverständ-lich, ohne dass ein dem. dabei steht.

Der altsächsische, althochdeutsche und mittelhoch-deutsche dialekt bedient sich — wenigstens wie die ver-hältnisse in den auf uns gekommenen schriftlichen denkmälern liegen — desselben declinirbaren pronominalstammes zum aus-drucke des demonstrativi wie des relativi, während er dasselbe nur in seltenen fällen durch ein adverbium verstärkt oder ersetzt. Aber auch in diesen dialekten muss nicht selten auslassung eines der beiden pronominalelemente constatirt werden, nur ist es aus dem oben angegebenen grunde im gegensatz zu den früher be-handelten sprachen natürlich schwieriger, zu entscheiden, welches von beiden für weggefallen anzusehen sei. Auf die bis jetzt ge-wonnenen resultate fussend, werden wir, noch ehe wir specieller auf diese mühsamere untersuchung eingehen, im voraus für die ansicht eingenommen sein, dass auch hier überall der ausfall des rel. pron. anzunehmen sei, um so mehr, als es uns im höchsten grade wünschenswerth sein muss, den beweis für eine gleich-mässige praxis aller germanischen sprachen auch in bezug auf diesen punkt liefern zu können. Sollte sich nun bei näherer be-trachtung ergeben, dass die weglassung des relativi in einigen fällen unwiderlegbar nachgewiesen werden kann, ja dass über-haupt der wegfall des einen der beiden pronomina überwiegend unter denselben auspicien zur erscheinung kommt, wie der in den anderen sprachen˙ festgestellte wegfall des relativi, und könnten wir zugleich irgend einen umstand auffinden, welcher diesen weg-fall eines declinirten pronomens, das jedenfalls schwerer zu missen war, als eine kurze, schwach betonte partikel, erleichterte, so würde dies sicherlich nur dazu dienen können, uns in jener vorgefassten meinung zu bestärken. Nach welcher seite hin wir uns schliesslich auch neigen werden, jedenfalls ist es lohnend, zu sehen, zu welchen positiven ergebnissen sich auf dem bezeichneten wege der beweisführung gelangen lässt.

Es wird also zuerst meine aufgabe sein, einige stellen nachzuweisen, wo, in derselben weise wie in den oben behandelten dialekten, ohne das vorhandensein eines dem. das rel. fortfällt. Folgende stellen aus Otfried scheinen mir dafür entscheidend zu sein:

O. I, 17, 1: *Nist man nihein in worolti, thaz saman al irsageti,* Vgl. dag. O. V, 23, 19: *Nist man nihein in worolti, ther all io thaz irsageti.* O. I, 11, 13 s: *Burg nist, thes wenke, noh barn, thes io githenke, in felde noh in uualde, thaz es io irbalde.* O. I, 17, 24: *Ist iaman hiar in lante, es iauiht thoh firstante?* O. II, 4, 103 ss.: *Ellu thisu redina, uuir hiar nu scribun obana, thaz inan ther uuidaruuerto gruazta thero uuorto, ni quam iz in sin muat, in war* etc.

Die beiden zuerst angeführten stellen lassen sich ohne weiteres mit der p. 12 aufgeführten altschwedischen und den noch zahlreicheren p. 19 beigebrachten alt- und mittelenglischen parallelisiren; hier wie dort fehlt das rel. pron. nach negativen hauptsätzen, während O. I, 17, 24 offenbar eine art rhetorischer frage ist, so dass der fragende hauptsatz die volle bedeutung eines negativen satzes hat und die stelle also ebenso zu beurtheilen ist, wie die obigen. Das letzte beispiel endlich angehend, so bedarf es kaum der erwähnung, dass sich dasselbe den pag. 9, 19 ss. ausgeschriebenen isl. schwed. dän. belegstellen, wo ebenfalls *all* den demonstrativbegriff im hauptsatze verstärkte, ganz zur seite stellt.

Nicht ganz so einfach ist eine andere erscheinung, nämlich das bekannte fehlen des rel. pron. nach den pronominibus der ersten und zweiten person, wie es J. Grimm Gr. III p. 17 s. besprochen hat. Grimm setzt für diese fälle ein älteres *ihhi, wiri, duri, iri* an, in deren *i* die relative kraft gelegen habe und welches in historischer zeit spurlos abgefallen sei, und stützt sich da besonders auf das den gothischen persönlichen pronominibus angehängte *ei,* welches sie relativisch macht. Indessen steht in den entsprechenden gothischen stellen gewöhnlich das pron. pers. zwei mal: *ik — ikei, jus — juzei* etc., z. b. 1 Cor. 15, 9; Luc.

16, 15, Gal. 3, 1 u. a.; nur selten fehlt das erste, z. b. Gal. 5, 4;
1 Tim 1, 12 s.; in den von Grimm beigebrachten althd. stellen
findet sich das pron. stets nur einmal. Es kommt dazu, dass
es mit den beweisen für die bewahrung des got. rel. *ei* im hochdeutschen*) überhaupt schlecht aussieht. Aber abgesehen davon
gibt doch auch Grimm den wegfall dieses relativen elementes
zu, und wie sehr das gefühl für dieses vermeintliche urspr. *t*
verschwunden war, lehrt der umstand, dass der übersetzer der
hymnen zu diesen pronominibus in der regel *der* hinzufügt (Grimm
l. c. p. 18). Ausserdem scheint mir für eine bewusste weglassung des rel. pron. in diesen fällen zu sprechen Hêl. v. 2583:
Ik selbo bium that thâr sdiu = ich selbst bin *(es), der das da
säet*. Es fehlt hier das rel. pr. und zwar nach dem personalpronomen der ersten person. Denn dies *that* unserem neuhoch-
deutschen *es* zu parallelisiren und *thâr* für die relative partikel
anzusehen, ist für den Hêliand doch sicherlich unstatthaft. Hier
kann aber *ik* nicht aus *ikt* entstanden sein. Wichtig ist auch,
dass zu *ik* verstärkend *selbo* hinzugetreten ist, insofern man dadurch unwillkürlich an stellen wie: *then same sveen, ij sendin herra
wian ij geen* erinnert wird. Hinzuzufügen ist, dass in sämmtlichen von Grimm angeführten beispielen das rel. pron. im nominativ fehlt.

Aus alledem geht aber mit evidenz hervor, dass die althochdeutsche und wol auch die altsächsische sprache von ältester
historischer zeit an weglassung des relativpronomens und zwar
im nominativ wie im accusativ gestattete Je weniger aber hier
von einer attraction gesprochen werden könnte, wenigstens nicht
in dem sinne, in welchem J. Grimm das wort braucht, um so
bedenklicher wird es sein, von einem historischen wandel, von
einer umwandlung der attraction in auslassung des relativi zu
reden, oder von einer „änderung des sprachgefühls", wie es
Steinthal in seiner unten noch weiter zu besprechenden abhandlung über assimilation und attraction thut, da eine derartige behauptung die betrachtung der weglassung des rel. pron. als einer

---

*) Auch die sporadische bewahrung dieses *ei* in der handschrift C des
Hêliand, wie sie Holtzmann: Altdeutsche grammatik I, 1 p. 144 als wahrscheinlich hinstellt, ist zum mindesten noch sehr zweifelhaft.

späten sprachperioden angehörigen grammatischen erscheinung —
ausgesprochen oder unausgesprochen — zur voraussetzung hat.

Auf das oben gesagte zurückgreifend, nämlich, dass es wünschenswerth sein wird, einen umstand namhaft zu machen, der
den ausfall eines declinirten pronomens erleichterte, will ich nur
vorläufig bemerken, dass jedenfalls leichter eines von zwei in casus,
genus und numerus übereinstimmenden, also, da von einem stamme
gebildet, buchstäblich gleichlautenden pronominibus ausgestossen
werden kann, als wenn sie abweichende form zeigen, und das
wiederum leichter eine der beiden gleichlautenden formen ausfallen wird, wenn sie direkt neben einander stehen, als wenn ein
anderes wort, z. b. ein substantivum dazwischen steht. Wir werden im folgenden gelegenheit haben, von diesem gewiss unbe-
streitbaren satze anwendung zu machen.

Ich muss hier etwas weiter ausholen. Die sogenannte attraction des relativpronomens, die ich auf den vorigen seiten
schon mehrmals erwähnen musste, beschränkt sich auf die griechische,
lateinische und deutsche sprache. Während jedoch die im griech.
und lat. sich findende attraction schon längst gegenstand wissen-
schaftlicher untersuchungen war, so ist J. Grimm der erste gewesen,
welcher einzelne spuren derselben in den germanischen sprachen auf-
gewiesen hat, zuerst in kurzer andeutung in der vorrede zu seiner
ausgabe der hymnen p. 14, dann ausführlicher in der abhandlung: Ueber einige fälle der attraction (gelesen in der akademie
der wissenschaften am 20. april 1857). Hierdurch angeregt,
schrieb Steinthal seinen aufsatz: Assimilation und attraction,
psychologisch beleuchtet (Zeitschrift für völkerpsychologie und
sprachwissenschaft I p. 93, 180). Einiges hierher gehörige
bringt Richard Förster bei in seiner schrift: De attractione enuntiationum relativarum."

Den einfluss, den das demonstrativum hinsichtlich des casus
auf das darauf folgende relativum ausübt — und diese art der
attraction ist es, die uns im folgenden beschäftigen wird — hat
Grimm im ersten teile seiner abhandlung, betitelt: Relativum in
das demonstrativum gezogen, für das althochdeutsche, mittelhoch-
deutsche und altsächsische widerspruchslos und zuerst bewiesen;
denn dass im sätzen wie Musp. 77: *verit er ze deru mahalstetì,
deru dâr gimarchôt ist*, der ursprünglich zu erwartende nom. des

pr. rel. *diu* sich dem dativ des dem. pr *deru* assimilirt hat, sieht man auf den ersten blick; ebenso Frgm. Math. 23, 31: *daz ir dero suni birut dero dea forasagun sluogun = quia filii estis eorum, qui prophetas occiderunt.* Aber im ganzen macht dieser theil von Grimms aufsatz den eindruck einer kühn und genial, aber hie und da etwas flüchtig hingeworfenen skizze; die in reicher fülle gebotenen belegstellen, die ganz verschiedene stufen der attraction repräsentiren, müssen, um ein specielleres urtheil darüber zu ermöglichen, strenger rubricirt werden. Um das hier nur vorläufig anzudeuten, so hat Grimm z. b. die beiden oben ausgeschriebenen stellen weder theoretisch noch praktisch getrennt von den folgenden, doch wol entweder ganz davon zu scheidenden oder wenigstens erst davon abzuleitenden; a) Isid. 6ª²: *si wendant zi scâhche dhêm, im œr dheonôdôn,* und b) O. V, 4, 24: *joh si sliumo thar irgab thaz dreso, thar in iru lag;* mit andern worten: Grimm hat die stellen, wo beide pronomina, das attrahirende und das attrahirte, vorhanden sind, gar nicht gesondert von denen, wo offenbar eines der beiden pronomina weggefallen ist, sei es nun dass das seiner klasse nach fragliche pronomen an der grenze beider satztheile steht, wie in dem beispiel aus Isidor, oder dass es artikelartig vor einem substantivum steht, wie bei O. V, 4, 24. Es wird sich im verlaufe unserer untersuchung zu einer solchen genaueren classificirung, z. th. auch vermehrung von Grimms belegstellen bald die gelegenheit bieten.

Wir erörterten oben, dass der ausfall eines der beiden pronomina jedenfalls bedeutend erleichtert werde, wenn beide pronomina völlig gleichlautend seien; wie dieser gleichlaut entstanden ist, ist selbstverständlich ganz gleichgültig. Liegt es da nicht nahe genug, für den fall, dass die casus beider pronomina ursprünglich ungleich sind, die assimilation oder attraction als die vermittelnde stufe anzusehen? Um die richtigkeit dieser behauptung plausibel zu machen, muss zweierlei bewiesen werden: I) dass eine solche auslassung sich auch bei ursprünglich gleichen casus findet, und 2) dass für alle die fälle, wo — wie ich behaupte — in folge von assimilation eines der pronomina fortgefallen ist, sich auch beispiele aufzeigen lassen, wo beide pronomina, das zweite dem ersten assimilirt, erscheinen.

Beim nominativus kann, wie Grimm selbst (l. c. p. 3) bemerkt, von assimilation nicht die rede sein. Aber auch wenn beide pronomina ursprünglich im nom. standen, finden wir auslassung des einen. Ein auffallendes beispiel dafür ist Parz. 749, 1: *O wol diu wip, dich sulen sehen;* wofür wir *diu wip diu* erwarten würden. Nur scheinbar gehört hierher M. S. F. p. 62, 29 s.: *so haben ir willen die vogele singen;* denn wir werden hier wol mit Haupt: ebds. p. 256, eine art zeugma annehmen müssen, wie es mhd. nicht selten ist, so dass *die vogele* subject zu beiden verben wäre. Dagegen durchaus hierher gehörig, nur unter eine andre rubrik zu rangiren sind stellen wie Frgm. XXIV, 14: *So ouh der efter christe uuas in mittingarte,* = *sicut et ille, qui post christum fuit in mundo.*

Nicht anders ist es, wenn beide pronomina ursprünglich im accusativ ständen; z. b. O. I, 17; 74: *Jn droume sie in zelitun then uueg, sie faran scoltun;* für *den uueg den.* Da auch hier ursprünglich gleichheit der casus vorliegt, so kann von einer attraction im gewöhnlichen sinne ebenfalls nicht gesprochen werden. Man vergleiche ferner O. IV, 16, 45 s.: *Gabun sie mit uuorte thaz selba zi antuuurte, thaz selba sie imo sagetun, sie hiar bifora zelitun;* v. 47 ist zu übersetzen: *sie sagten ihm dasselbe, was sie hier vorher berichtet hatten.* Noch mag hier folgende stelle besprochen werden: O. V, 23, 19 ss.: *Nist man nihein in worolti, ther al io thaz irsageti, allo thio sconi, uuio uuunnisam thar uuari, ... uuio harto fram thaz guat ist, thar uns gibit druhtin krist.*

Wie schon angedeutet, setzt die attraction oblique casus*) voraus, wie Grimm l. c. sagt, also kann hier, da in v. 25 das pron. *thaz* nom. ist, das zweite hier fehlende im accus. stehen müsste, eine solche nicht angenommen werden; ebenso wenig aber auch eine appositionelle stellung des nebensatzes, wie ein blick auf den ganzen zusammenhang lehrt. Dass *thar* an dieser stelle nicht etwa als relativ-partikel aufzufassen ist, zeigt der sinn, vor allem v. 20, den ich darum mit hergeschrieben habe; wie dort,

---

*) Dieser pluralis scheint mir eine ungenauigkeit im ausdrucke zu sein, denn demnach würde man vermuthen, dass b e i d e pronomina urspr. in einem obliquen casus stehen müssten, während hier nur von dem dem. die rede sein kann, da fälle, wo das rel. ursprünglich im nom. zu stehen hatte, sehr häufig begegnen.

so wird v. 25 *thar* auf die herrlichkeit des paradieses hinweisen sollen.*)

Wohl nur scheinbar mit ursprünglich gleichen casus haben wir es zu thun Parz. 476, 18: *der möhte mich ergetzen niht des mœrs, mir iwer munt vergiht;* für: *des mœrs des* oder *des mœrs daz;* hier wird aus einem später zu erwähnenden grunde *daz* zu suppliren sein; *verjehen* mit dem accus. der sache ist selten, aber doch mehrmals belegt, vgl. M. Z. s. v.

Nachdem wir nun gesehen, wie schon bei ursprünglicher casusgleichheit der beiden fraglichen pronomina fälle mit weglassung des einen nachweisbar sind, wird es angezeigt sein, ehe wir in unserer beweisführung weiter gehen, die belegstellen für wirkliche assimilation oder attraction aus dem gebiete der altsächsischen, althochdeutschen und mittelhochdeutschen sprache in übersichtlicher anordnung, die, wie schon oben bemerkt, bei Grimm noch vermisst wird, vorzuführen.

Ich beginne mit dem altsächsischen, das bei Grimm pag. 6. nur ganz vorübergehend erwähnt wird:

I. Genetiv.

A). Sowol dem. pron. wie rel. pron. sind vorhanden, das letztere im casus dem ersteren assimilirt.

    a) das rel. steht im gen. statt im acc. Hêl. v. 1104 s: *than lâtu ik thi brûkan wel alles theses ôdwelon thes ik thi hebbiu giôgit hir.* Hêl. v. 4925 s: *be thiu he thes wiht ne bisprak, thes sie imu thurh inwid nid ôgean weldun.* Hêl. v. 1626 ss: *lôn .... alles thes unrehtes, thes gi ôdrun hir gelêstead an thesumu liohte.* Hêl. v. 2643 s: *T an hald ni mag therâ medâ man gimakon fîdan, ni thes welon ni thes willeon, thes thâr*

*) Dass ich mich gegen diese interpretation von *thar* als rel. part. verwahre, ist nicht grundlos, denn auch dem Ahd. ist der gebrauch des *thar* als solche nicht fremd; vgl. Notk. syl. (bei Graff V, 58): *tie stete ter genemmit sint.* Noch schlagender ist folgende stelle, die mir bei der lektüre des Math. Ev. anmerklich gewesen ist. Frgm. 11, 28 s: *Vuizut ir daz deola herostun uualtant iro enti dero dar furirun sintun, gauualt bigangent = Scitis quia principes gentium dominantur eorum et qui majores sunt, potestatem exercent in eos.* In diesem satze ist das lat. *qui* nur mit *dar* wiedergegeben, während *dero* die übersetzung des lat. *in eos* ist.

waldand skerid. Hêl. v. 5481 s: *ak hleotad gi thes alles,
gie wordô gie werkô, thes gi im hier te wttie giduan.* Vgl.
ebds. v. 2640 ss., v. 1334 ss., v. 3342 s.

   b) das rel. steht im gen. statt im nom.
Hêl v. 5087 s: *Ef he sunu wari thes libbiendies godes,
thes thit lioht geskôp.* Hêl. v 2405 s: *That is themu êkson
wiht aftar ni môsta werdan te willeon, thes thâr an thena
weg bifêl.*

B) Nur eines der beiden pronomina hat sich erhalten und steht an der grenze des vorder- und
nachsatzes.

   a) Hêl. v. 3158 ss.: *Ni skal in her derian eôwiht thes gi
her seldlikes gisehan habbiad, mâriarô thingo.*

   b) Hêl. v. 3021 ss: *Hvelpôs hverbad. brosmonô fulle thero
fan themo biode nidar antfallan irô frôian.* (Vgl. v.
3342 s.).

II. Dativ.

Bei diesem casus bieten sich keine ganz treffenden belegstellen, da sämmtliche, hierher gehörige zu dem pron.
thâr oder *sô* hinzufügen, oder theilweise vielmehr das rel.
pron. dadurch ersetzen, weshalb auch hier oft nur ein declinirtes pronomen erscheint.

   a) das rel. ist durch thâr verstärkt.
Hêl. v. 3430 s.: *that man thêm mannon irô mieda forguldi
alles at aftan thêm thâr quâmun at êrist tuo.*

   b) das rel. ist durch *thâr* ersetzt:
Hêl v. 2358: *bôtta thêm thâr blinde wârun.* Grimm hat
meiner ansicht nach unrecht, wenn er l. c. p. 6 diese
stelle als einen beleg für attraction anführt, weil hier
die relative kraft allein in *thâr* liegt. Sollte sich übrigens
jemand daran stossen, dass *thâr* einmal in verbindung
mit dem declinirten pronomen das rel. vertreten soll,
und dann wieder ohne dasselbe, so verweise ich zuerst
auf den völlig analogen gebrauch von *thar, ther, dir* in
den früher besprochenen dialekten, vor allem auch im
ahd. (vgl. oben p. 27 s.), dann aber besonders auf die
ganz gleiche anwendung von *the* im alts., vgl. Heyne,
Hêl. p. 334[a]. Es finden sich nämlich sowol sätze wie:

Hêl. v. 221: *Thô sprak ên gêl-hert man, the irâ gaduling was*, wo *the* allein für *qui* steht, als auch beispiele für das gegentheil: Hêl. v. 4113: *thô sie ina fan themu grabe sâhun sidôn gesundan thena the êr suht farnam;* übrigens vollständig parallel dem gebrauche des ags. *þe* und des nord. *er*, insofern sich auch hier das hinzugefügte dem. nach dem worte richtet, auf welches es zurückweist.

Aehnlich steht es mit dem verallgemeinernden relativpronomen *sô hve sô;* hier vertritt *sô hve* das demonstrative, *sô* das relative element; z. b. Hêl. v. 3668 ss.: *im lîf êwig, godes rîki fargaf gôdun mannun, hôh himiles lioht endi is helpa thâr tô sô hwemu sô that giwerkôd, that he môti themu is wege folgôn.* Ebds. v. 3920 s; vgl. v. 1274 ss.: *the allumu man-kunnie wid hellie gethwing helpan welda, formôn wid them ferne, sô hwem sô frummian wili sô lioblîka lêra.* Vgl. v. 1789 s., v. 2147 s.

III. Accusativ.

Zweifelhaft ist folgendes beispiel: Hêl. v. 3608 s: *hwand siu ina ni antkendun kraftagna god, himiliskan hêrron, thena sie mid is handun giskôp,* insofern M. nach *thena the* hinzufügt. Die beiden anderen etwa hieher gehörigen stellen: Hêl. v. 892 s, v. 2270, können nichts beweisen, weil der rel. satz durch *sô hwena sô* mit dem hauptsatze verbunden ist.

Ueberblicken wir diese zusammenstellung, so zeigt sich, dass besonders für den genetiv eine menge von beispielen zu gebote steht, sowol für das vorhandensein beider pronomina, wie für die weglassung des einen. Für die ungenügenden beispiele des dativs werden wir im ahd. reiche entschädigung finden. Hinzufügen will ich, dass in dem falle, dass nur ein pronomen steht, dies an der grenze beider sätze sich findet, also ebenso wie im ags. (vgl. oben p. 18).

Ich gehe zum althochdeutschen über. An belegstellen ist kein mangel.

I. Genetiv.

A) Beide pronomina sind erhalten, das zweite im casus dem ersten assimilirt.

a) das rel. steht im gen. statt im acc.

O. II, 12, 30: *Ni intuuirkit woroll ellu thes uuiht, thes ih thir zellu.* O. IV, 13, 13: *Simon, hug es ubaral, thes ih thir nu sagen scal.* M. S. D. XIII, 23: *Noh trof ih des ne lougino des dú táti lougino.*

b) das rel. steht im gen. statt im nom.

Merig. (M. S. D. XXXII) 71 s.: *Da ist alles des fili, des zi ráta triffit unt zi spili.**) Frgm. theot. 16, 10: *Joh des birut ir in selbun urchundun, daz ir dero suni birut, dero dea forasagun sluogun == Itaque testimonio estis vobismet ip is, quia filii estis eorum, qui prophetas occiderunt.*

B) Nur eines der beiden pronomina ist erhalten.

a) Fragm. theot. XXVII, 10: *Huuanta ano dea nist dir eouuiht bidarbi des du hapen maht == quia sine ea non est tibi quidquam utile, quod habere potes.***)

b) O. III, 20, 13: *Mir limphit, thaz ih thenke, theih sinu uuerk uuirke, thes, mih zi diu uuanta, hera in woroll santa.* Frgm. XXVII, 27 s: *Neouuiht archennit des sih fona rehte scheidit == quidquid a rectitudine discrepat, ignorat.* M. S. D. 1, 36 ss.: *Jâne gihich anderez nehein der erde ioh des himiles wâges unte lufts unt alles des viurin ist.*

II. Dativ.

A) Beide pronomina sind erhalten, das zweite im casus dem ersten assimilirt.

a) das rel. pr. steht im Dativ statt im acc. fehlen Belege.

---

*) Schade, altd.leseb. p. 73 bietet an dieser stelle *daz* tür das zweite *des*, doch werden wir uns hier wol auf den text der denkmäler stützen können.

**) Folgende 2 stellen trage ich bedenken, hier anzuführen, obwol sie scheinbar her gehören:

M. S. D. LXII (Bas. Rec.) p. 173, 13 ss: *daz hê ni prôtes ni lîdes ni neouuihtes, des ê tages gitân sî, ni des wazares nenpîze, dse man des tages gisôhe.* M. S. D. LXXII, 13 ss.: *Thes alles enti andares manages, thes ih uuidar god almahtigon skuldig sî thes ih gote a'mahtigen in mincro kristanheiti gihiezi enti bi mînam uuizzin forliezi* etc. Es ist nämlich durchaus nicht unwahrscheinlich, dass worte wie *neouuihtes* oder *anderes manages* die stelle des dem. vertreten, d. h. progressiv assimilirend auf das folgende rel. pron. einwirken, so dass der wegfall eines pronomens überhaupt nicht anzunehmen wäre.

b) **das rel. pr. steht· im dativ statt im nom.**
Musp. v. 77: *Verit er ze deru mahalsteti, deru dâr gimar-chôt ist.* *dâr* heisst an dieser stelle: *hier,* hat also nicht irgendwelche relative funktion. O. IV, 10, 1 s.: *Bi-gan tho druhtin redinôn then selben zuelif theganôn, then thar umbi inan sazun, mit imo saman azun.* O. V, 23, 167 s.: *Thio fruma then thar bluent, thie sih zi thiu hiar muent, then thaz hiar giagaleizent, mit hursgidu ouh giuuei-zent* etc. Diese stelle ist besonders darum anmerklich, weil die attraction über einen nicht attrahirten nom. weg wirkt. Oder sollte das zweite *then* dem ersten ent-sprechen, und ein dem ersten *thie* entsprechendes zweites zu ergänzen sein? O. II, 8, 25: *Gibot si then sar gahun, then thes lides sahun.*

B) **Eines der beiden pronomina ist weggefallen.**

a) **das erhaltene pron. steht vor einem subst.** O. II, 14, 43 s.: *Thu mohtis, quad siu, einan ruam ioh ein gifuari mir giduan, mit themo brunnen, thu nu quist, mih uuenegun gidranktist.*

b) **das erhaltene pron. steht an der grenze zwischen vorder- und nachsatz:** O. I, 24, 7: *So uuer so ouh muas eigi, gebe themo ni eigi.* O. I, 19, 25: *Thie gilouba, ih sagen thir uuar, thia laz ih themo iz lisit thar.* O. II, 14, 4: *ni lazent thie arabeit es frist themo uuarlicho man ist.* Frgm. XXX, 1 s: *enti dea uuerdant za seahhe dem im œr deonotun = et erunt præda his, qui serviebant sibi.* O. II, 12, 47 s: *Al io sulicha givuurt, so duat thes geistes giburt then zi thiu gigangent, fon imo irboran uuerdent.* Ebenso O. I, 17, 38. II, 22, 25.

III. **Accusativ.**
Hier dürfte es schwierig sein, eine anzahl passender bei-spiele beizubringen, erstens weil, wie sich schon beim altsächs. answies, für diesen casus die belegstellen über-haupt nicht häufig sind, und dann auch, weil im neutr. acc. und nom. gleichlautend sind. Auch brauchen wir

für unseren zweck nicht einmal den nachweis zu liefern, dass in stellen, wie O. V, 4, 24: *Ioh si sliumo thar irgab thaz dreso, thar in iru lag,* (das zweite *thar* ist = *dort*), das ausgelassene *thaz* accusativ war, attrahirt von dem vor *dreso* stehenden acc. *thaz,* da es uns nur auf die gleichheit der form ankommt, die den ausfall des einen pronomens erleichtert.

Schliesslich muss noch das mittelhochdeutsche zur besprechung kommen. Wir werden hier die verhältnisse nicht anders, nur etwas flüssiger finden, als auf der älteren stufe unserer sprache.

I. Genitiv.

A) Beide pronomina sind erhalten, das zweite im casus dem ersten assimilirt.

a) das rel. pr. steht im gen. statt im acc.

Diemer 295, 13: *Durch willen der worte, der dir der engel zu sprach.* Lamp. Al. 3873: *des heres, des er hie verlôs.* Wack. leseb. 277, 15: *der gnâdon, der got ubir dih tete.* Otte. 223: *lat mich der werden liute geniezen, der man schouwet hie.* Pass. 347, 10: *ûf daz niman wurde gewar des kindes des si truch.* Nib. 559, 3: *des si da haben solden, wie wênec des gebrast!* mit umgekehrter stellung der sätze. Trist. v. 973 ss.: *und alles des, des si geleit — von senelicher arbeit — sone wiste si niht, waz ir war.* Diese letzte stelle ist uns besonders darum von bedeutung, weil es eine der wenigen ist, wo ohne subst. sich beide pronomina unmittelbar neben einander finden, und noch dazu nach „*alles.*" Wir kommen darauf später zurück.

b) das rel. steht im gen. statt im nom.

cod. kolocz. 138, 364: *trinken des besten, des dô si.* Iw. v. 199: *daz er alles des verpflac, des im ze schaden mohte komen.* Karl v. 9666 s.: *daz ir iemer êre müezet hân des dienestes, des in wirt getân.* Greg. v. 2504: *Nune mag ich noh ensol — minem libe des gejehen — des im ze guote si geschehen.*

B) nur das eine der beiden pronomina ist erhalten.

a) Helmbr. v. 633: *jâ wæne ich riuwic bestân — des ich*

hân an dir erzogen. Karl M. v. 2395: *Ich geræche mich und erholle des er mir tuot ze leide.*

b) G. A. 2, 248: *Nu underwint dich alles des ich hân — und alles des ich ie gewan.* Parz. 324, 29: *got hüete al der ich lâze hie.* Ms. 2, 132ª: *er ist ein koufman alles des ein reines herze kan begern.* Nib. 1636, 1 ss. *Alles des ich ie gesach — sprach dô Hagene — sone gerte ich nicht mêre nu ze habene, niwan jenes schildes, der dort hanget an der want.*

b) a) Parz. 514, 10: *Owê des dâ geschiht.* Tund. 48, 37: *si hêt gar vergezzen des ir ze liebe geschach.* vgl. Reinh. F. v. 971 s.

b) Parz. 803, 22 ss.: *Der betwang och sider Kanvoleiz und vil des Gahmuretes was.* Ms. 2, 136ᵇ: *dâ du bist gewaltic alles des dir ist geheiliget.*

II. Dativ.

A) Beide pronomina sind erhalten, das zweite im casus dem ersten assimilirt.

a) das rel. steht im dativ statt im acc. Wack. leseb. 191, 16: *Von allen angistin unde der nôt der ich dir nu geklagit hân.*

b) das rel. steht im dativ statt im nom. Belegstellen fehlen.

B) nur das eine der beiden pron. ist erhalten.

a) Ms. 2, 138ᵇ: *Doch dunket mich vil gar ein niht wider dem nu tegelich geschiht.*

b) Eilh. fundgr. 1, 236: *der cunig dô schiere jagen reit mit allen den da waren.*

III. Accusativ.

Hierher gehören natürlich nur fälle, wo der nom. eines rel. pron. sich dem vorhergehenden accus. assimilirt hat. Die belegstellen sind selten.

a) **Beide pronomina sind erhalten.**
Lampr. Al. v. 3228 s.: *unde wolden niet besên den mort den dô was geschên.*

b) **nur eines der beiden pron. ist erhalten.**
Iw. v. 6347: *Den jâmer uns an diese vrist an manegen hie geschehen ist.*

Es ist also auf den vorigen seiten gezeigt worden, wie im

altsächsischen, althochdeutschen und mittelhochdeutschen neben allen den fällen, wo wegfall des einen der beiden pronomina zu constatiren war, sich auch belege für beibehaltung beider pronomina nach vollzogener attraction des rel. pron. durch das dem. aufzeigen liessen; ferner dass die assimilation sich an ursprüngliche nominative und accusative des rel. pron. bindet; nie assimilirte sich ein dativ einem genetiv oder umgekehrt. Grimm hat dies vielleicht auch gewusst, ausgesprochen aber meines wissens nicht. Auch die auslassung des e i n e n pronomens bindet sich an dieses gesetz, und es erscheint beachtenswerth, dass, wie die nom. und acc. des rel. pron. die einzigen sind, welche sich für assimilation zugänglich zeigen, wie hier nur, wenn das rel. pron. ursprünglich in einem dieser beiden casus stand, das eine der beiden pronomina ausfiel, dass ebenso in den früher behandelten dialekten das rel. pron. nur in diesen beiden casus wegfallen konnte; es scheint dies, wenn nicht eine gewisse verwandtschaft zwischen beiden grammatischen erscheinungen zu bekunden, so doch anzudeuten, dass nom. und acc. leichter als die übrigen casus zu afficiren oder ganz zu beseitigen sind.

Schon oben, zu eingang dieses abschnittes, wurde erörtert, dass, ebenso wie der gleichklang beider pronomina den ausfall des einen zu vermitteln wol geeignet sei, derselbe vollends erleichtert werden müsse, wenn beide pronomina unmittelbar neben einander stehen; wir finden diese meinung bestätigt durch die beobachtung, dass die stellen sehr spärlich sind, wo beide in ihrer nebeneinanderstellung uns erhalten sind, viel häufiger diese erhaltung zu notiren ist, wenn sie etwas entfernt von einander stehen; darum steht auch das eine und einzige pronomen in der regel an der grenze des vorder- und nachsatzes: diese stelle muss es einnehmen, wenn beide ursprünglich neben einander standen. Weit seltner ist der Fall, dass das eine zurückbleibende pron. durch ein substantivum oder adjectivum vom nachsatze getrennt ist. Aus alledem scheint aber hervorzugehen, dass die annahme, der gleichklang des dem. und rel. pron., sei er nun primärer oder secundärer art, d. h. sei er ursprünglich durch die rektion der verba gegeben, oder durch assimilation hervorgerufen, habe den ausfall des einen erleichtert, durchaus nichts unwahrscheinliches hat.

Die cardinalfrage ist nur — und damit kehren wir wieder ganz zu unserm thema zurück — ob in all diesen fällen ausfall des dem. pron. oder des rel. pron. anzunehmen ist. Grimm behauptet für alle von ihm aufgeführten stellen den ausfall des demonstrativi und die erhaltung des relativi, gestützt namentlich auf die analogen stellen im gothischen texte, auf die ich weiter unten zurückkommen werde. Es heisst l. c. p. 5 s.: Meiner ansicht nach ist nun Math. 12 v. 48 *(er antwurta demo za imo sprach)* in *demo* das gothische *þammei* gelegen, kein demonstratives *þamma*, also nicht ein lat. *illi*, sondern *qui* übersetzt, das demonstrativum ausgelassen; in der gl. Hrab. *(melotis, daz fel munichá tragant)* scheint *daz* kein nom. des artikels, sondern das auf *melotis* bezogene relativum. Es läge freilich nahe, das relativum für ausgelassen zu halten und die demonstrativform auch demonstrativisch zu fassen, so dass beide stellen zu vervollständigen wären: *er antwurta demo, der za imo sprach; daz fel, daz munichá tragant.* Dann wäre keine attraction im spiel, nur ein leicht erklärbarer wegfall des relativs, aber die goth. analogie ginge verloren . . . . Ferner heisst es dort p. 8 bei betrachtung der mhd. stellen: Warum sollte hier, in allen stellen, die ahd. weise nicht dauern? wo schon ein artikel, oder ein *alles, aller,* vorhergeht, fällt es doch unmöglich, dem nachfolgenden pronomen demonstrativbedeutung einzuräumen, es ist das deutliche relativum . . . . ebenso zu fassen sind *des siges des, des dienstes des, des besten des, des dinges des,* einigemal *swes,* und die gen. plur. *der küenesten der, aller der, ander der;* ungewöhnlich doch gleicher beurtheilung unterliegend sind die dative *swem, wider dem,* oder der acc. *den mort den* . . . . . auch Parz. 476, 18 fiel hinter *mærs* kein *daz* aus.

Wir müssen hier, um zu einiger klarheit zu gelangen, die einzelnen fälle streng aus einander halten. Besprechen wir zunächst den fall, wo das einzige noch vorhandene pronomen vor einem subst. oder adj. steht. Es ist eigentlich schwer einzusehen, wie Grimm selbst sich in diesem falle den vorgang gedacht hat. Wenn er in der that gemäss seinen p. 55 angeführten worten in dem satze: *melotis daz fel munichá tragant* in dem *daz* nicht den nom. des artikels, sondern das auf *melotis* bezogene relativum sieht, so muss sich diese ansicht auch übertragen lassen auf stellen wie: O. II, 14, 43 s: *Thu mohtis, quad siu, einen ruam ioh ein gifuari mir giduan, mit themo brunnen, thu nu quist, mihi wenegun gidrankist.* Es wäre hier also wol erst durch progressive assimilation aus *„themo brunnen then“* *„themo brunnen themo“* geworden, wozu sich ja analogien fänden; dies zweite *themo* hätte dann das erste so beeinflusst, dass dies in Folge davon weggefallen wäre; auch solche regressive beeinflussung liesse sich noch vertheidigen; da nun aber der ausdruck des dem., welches seiner geltung nach etwa eine mittelstufe einnahm zwischen demonstr. pron. und artikel, unbedingt gefordert wurde, so trat das bisher hinter dem subst. stehende rel. vor dasselbe und versah nun gewissermassen demonstrative und relative funktion zugleich, indem es das subst. mit in den relativsatz zog. Dürfen wir der hochdeutschen sprache wirklich ein so complicirtes experiment zutrauen? Und doch kann sich Grimm den verlauf kaum anders vorgestellt haben, wenn er l. c. p. 3 davon spricht, dass das relativ in den casus des weggefallenen demonstrativs gezogen wird. Es kommt dazu, dass solche constructionen, wie sie Grimm hier constatiren will, recht gut lateinisch wären, wo man ja gern für *„is vir quem“* *„quem virum“* sagt, aber sicherlich nicht hochdeutsch sein können; allenfalls Notkers arbeiten und ähnlichen interlinearversionen könnten wir sie zutrauen, schon viel weniger Otfried, der sich im satzbau eigentlich nie enger an seine lateinischen vorlagen anschliesst, und dessen dem reime zu liebe oft sehr schwankende syntax durchaus nicht nach lateinischem stil schmeckt, am wenigsten aber den mittelalterlichen höfischen dichtern, in denen sich doch hie und da auch solche stellen finden. Sicher scheinen mir wenigstens folgende zwei zu sein; 1) das schon erwähnte aus dem Iwein v. 6348: *den jâmer uns an dise vrist — an manegem hie geschehen ist;* weder die conjectur Lachmanns, der für *den daz* schreiben will, ist, im blick auf Lamp. Al. v. 3228 (vgl. pag. 33), nothwendig oder nützlich, noch die mir bedenkliche änderung Grimms von *uns* in *den* Grammatische schwierigkeiten auf diese weise zu heben, ist doch wol nicht statthaft. Freilich fügt dieses beispiel sich Grimms theorie nicht. 2) Parz. 589, 27 ss.: *dechein sûl stuont dar unde — diu sich geltchen kunde — der grôzen sûl dâ zwischen stuont,* für *der grôzen sûl diu* oder *der gr. s. der.* Lachmann nimmt für die eben erwähnte **stelle des** Iwein (Iw. pag. 336) auslassung des relativi an, und **ich möchte** diese anschauung unbedenklich auf alle belegstellen **des jetzt von uns** besprochenen **falles,** d. h. wenn das fragliche pronomen vor einem subst. steht, ausdehnen. **Es spricht** dafür nicht nur die einfachheit des ganzen vorganges, indem nach unserer annahme von zwei ein subst. umgebenden gleichlautenden pronominalformen das eine gestrichen worden ist, nicht nur die analogie der nordischen dialekte, sondern, wie mir scheint, auch der umstand, dass nicht nur die stelle aus dem Iwein, sondern ebenso ein theil der p. 26. aufgeführten stellen sich Grimms ansicht widersetzen, die mit den zuletzt besprochenen wenigstens das gemeinsam haben, dass das eine vorhandene pronomen vor einem subst. steht. Wer möchte z. b. ernstlich meinen, dass Parz. 749, 1: *Owol diu wip dich sulen sehn,* wie Lachmann richtig gegen das *di dich* der handschriften hergestellt hat, das *diu* relativpronomen sei? Eine solche construktion würde auch im lateinischen nicht denkbar sein; die ganze kraft der interjection würde dadurch verloren gehn. Auch Müller (mhd. wörterbuch I p. 319) nimmt hier die auslassung des rel. pron. an. Wollten wir ferner O. IV, 16, 46 s.: *Thaz selba sie imo sagetun, sie hiar bifora zelitun, thaz* für ein rel. pron. ansehen, so erhielten wir gerade den ungekehrten sinn von dem, der erwartet werden muss. Die worte bedeuteten dann: *eben das was sie ihm sagten, hatten sie schon vorher berichtet.* Die richtige auslegung lehrt uns v. 45; vgl. oben p. 26. Hinzuzufügen ist, dass der auslassung des rel. nach einem durch *selba* verstärkten dem. analogien nicht fehlen; vgl. z. b. p. 23. Absolut undenkbar ist endlich der wegfall des dem. O. V, 23, 25: *uuio harto fram thaz guat ist, thar uns gibit druhtin krist.,* weil das verbum *ist* zwischen *daz guat* und dem nebensatze steht. Diese letzten 3 stellen aber von den übrigen ganz zu trennen, ist sicher unthunlich. Wir werden also hier überall wegfall des gleichlautenden rel. pron. ansetzen.

Anders aufzufassen sind fügungen wie Parz. 501, 20: *Wer was ein man, lac vorme grdl?* oder Bon. 43, 67: *wir sdhen bl dem viure ein tierll, was gehiure.* Aehnliche stellen führt Grimm an l. c. p. 8 s. Er nimmt appositionelle stellung an, also dochwol fehlen des demonstrativi, schon wegen des nom., Lachmann l. c. nimmt Boner 42, 67 auslassung des rel. an; ebenso Benecke

z. d. st., entscheidend für Grimms ansicht ist meiner meinung nach die wortstellung: an allen diesen stellen steht das verbum zu anfang des fraglichen satzes; stünde es am schlusse, so würde ich ausfall des rel. annehmen. Nicht anders sind zu beurtheilen sätze wie Parz. 483, 6: *wir gewunn ein wurz, heizt trachonté*; ebds. 519, 12: *ein künec, hiez Anfortâs*, die Grimm wunderbarer weise von den vorigen trennt und auslassung des relativi annimmt (l. c. p. 24 s). Auch hier leitet *heizt* oder *hiez* ausnahmslos den fraglichen satz ein, was für mich ein durchschlagender grund ist, ein dem. *der* zu suppliren; vgl. die abweichende wortstellung in ähnlichen isl. sätzen p. 9; ferner meine bemerkung zu Brandt p. 66, 15 und 73, 12. Ganz analoge stellen mit dem pronomen illustriren dies noch; so König Rother edd. Rückert v. 924 s: *wand mich hat in âchte getân — ein kuninc, der heizit Rôthere*; ebds. v. 1616 s: *dô was ein harte hêr man — ein herzoge, der hiez Friederich*; ebds. v. 1666: *dô sprach ein riese, die hiez Grimme.* Warum der herausgeber nur an der zweiten stelle ein komma vor *der* gesetzt hat, sieht man nicht ein; sie sind doch sicher alle drei gleichmässig zu erklären.*)

Weit schwieriger ist es, ein definitives urtheil zu begründen hinsichtlich der fälle, wo das fragliche pronomen an der grenze beider sätze steht, also nicht in verbindung mit einem subst. oder adj. Nach allem vorhergehenden liegt natürlich auch hier die vermuthung am nächsten, dass wir es mit einer auslassung des rel. pron. zu thun haben. Und in der that, die bis jetzt von Grimm und anderen dagegen vorgebrachten gründe sind alle nicht stichhaltig.

Wenn zunächst Grimm, an der oben p. 35 citirten stelle bei besprechung der mhd. beispiele sagt, wo schon ein artikel

----

*) Weinhold, alem. Gr. §. 319 bemerkt: „In ältester zeit wird das relative *der* nach dem 1. 2. personalpronomen gewöhnlich weggelassen. Auch am beginn erklärender zusätze bleibt es gewöhnlich weg.“ Bei den ersten dort angeführten beispielen werden wir parataktische satzordnung annehmen können, z. b. *daz ich hân gegeben ze koufenne driu schuopozen, ligent in dem banne ze obern.* 1308. Kopp 1, 87. Dagegen ist im letzten beispiel sicher auslassung des rel. anzusetzen: B. R. 1, 240: *und sol dem knecht deren (ordnung) nachzukommen by dem eid, er an sein ampt getan hat, ernstlich gebotten werden* (1510). Eine beiordnung des satzes: *er-hat*, ist der folgenden worte wegen undenkbar.

oder ein *alles*, *aller* vorhergehe, falle es doch unmöglich, dem nachfolgenden pronomen demonstrativbedeutung einzuräumen, so ist zu bemerken, dass allerdings, wenn ein artikel vorhergeht, der ja schliesslich auch nur ein geschwächtes demonstrativum ist, es ja auch uns nicht einfallen wird, das zweite pron. wieder für ein dem. zu halten; anders steht es aber, wenn *alles* vorhergeht; aus der zusammenstellung folgender schon früher gelegentlich angeführter stellen erhellt nämlich, dass *alles* mit doppeltem pronomen durchaus nichts unerhörtes ist, so dass, wenn nur eines erscheint, über seine natur noch garnichts feststeht. Ich berühre dies besonders auch darum ausführlicher, weil Grimm auch bei der das gothische betreffenden beweisführung im wiederabdruck seiner Abhandlung (Kl. Schr. III p. 315) sich darauf beruft, indem er die entgegengesetzte ansicht mit den worten zurückweist: doch widerstrebt das vorhergehende *allis* in *allis þizei*. Man vgl. also: Hêl. v. 1104 s.: *Than lâtu ik thi. brûkan wel alles theses ôd welon, thes ik thi hebbiu giôgit hir.* Ebds. v. 1627 s.: *alles thes unrehtes, thes gi ôdrun hir gilêstead an thesumu liohte.* Ebds. v. 5481 s.: *ak hleotad gi thes alles, gie wordô gie werkô, thes gi hier te wittie giduan.* Ebds. v. 3435 s.: *lêd was that svîdo allon thêm ando thêm thâr quâmun at êrist tuo.* Namentlich gehört hierher Trist. 26, 15 s.: *und alles des, des si geleit — von senelîcher arbeit — sone wiste si niht, waz ir war.* Dies beispiel, wo beide pronomina so direkt hinter einander stehen, genügte allein, um zu beweisen, dass ein pronomen nach *all* nicht anders beurtheilt werden muss, als sonst. Zuzugeben ist, dass an stellen, wo *al* flectirt ist, also etwa im gen. steht, ein unmittelbar darauf folgendes *des* auch als von diesem attrahirt angesehen werden kann, ebenso als wenn *theses* für *t es*, oder *neowihtes* vorhergeht (vgl. die anmerkung p. 30 s.). Dazu kommt, dass wir die verstärkung des dem. durch all in den nord. dialekten gerade auffallend häufig mit nachweislicher weglassung des rel. vereinigt fanden und schon daraus zu schliesen geneigt sein werden, dass es hier ebenso steht.

Grimm erwähnt dann auch die sätze, mit *swer* eingeleitet, und fügt hinzu, sie seien ebenso zu fassen. Auch sie seien darum kurz besprochen. Im alts. findet sich *sô hwe sô* ziemlich häufig (vgl. oben p. 29); im ahd. *so hwer* allein fast eben so häufig,

als *sô hwer sô;* ebenso mhd. Wo aber hier *swer* sich allein findet
== *quicunque,* scheint es absolut relativisch gebraucht zu werden;
z. b. Lanz. v. 4174: *wan der wirt het genuoc — swes wazzer oder
lant truoc.* Indessen hat uns hier Grimm selbst den richtigen
weg gewiesen; er sagt D. Gr. III p. 43: Der begriff *quicunque*
enthält jederzeit in sich ein relativum, das auf ein unbestimmtes
zugleich mit darin ausgedrücktes pronomen geht und ist aufzu-
lösen: *omnis qui,* oder *quilibet qui* . . . . das mhd. *swër,* das mhd.
für *swër* stehende *wër,* lässt sich immer in den begriff von *jeder,
der* zerlegen. Jedenfalls aber ist es der relative theil dieses
pron., der abfallen konnte, und es ist mindestens zweifelhaft, ob
und in wie weit bei der anwendung der einzelnon casus von
swer das relative element zum ausdrucke kommt. Nicht recht
verständlich ist es mir, beiläufig gesagt, wenn Grimm l. c. p. 45
zu fällen wie Parz. 99, 16: *den trage und nem nu swer der wil;*
Nib. 1729, 3: *nu reches swer der welle, ez si wîp oder man;*
das. 1766, 4: *sô genese swer der mac,* bemerkt, einigemal werde
auch das demonstrativ nachgesetzt. Ich kann in diesem *der* nur
die ahd. relativpartikel *thar* finden, die für das mhd. Grimm
selbst l. c. p. 21 belegt, und die hier an stelle des älteren gleich-
bedeutenden *sô* getreten ist. Der demonstrativbegriff lag ja schon
in *swër* omnis.

Es wird hier ferner am platze sein, die einwendungen Graffs:
Sprachschatz V p. 24 s. gegen die annahme einer auslassung des
rel. pron. ins auge zu fassen, die Grimm nicht berücksichtigt hat.
Graff macht zunächst geltend, dass schon der umstand den stets
relativen charakter des fraglichen pronomens bekunde, dass auch
das durch die partikel *dar, der* relativ gemachte pronomen dieselbe rection annähme. Es ist dagegen zu erinnern, dass, wie
sich im verlaufe unserer untersuchung herausgestellt hat, in allen
deutschen dialekten mit ausnahme des später zu besprechenden
gothischen, sich das dem. pron. der es relativ machenden partikel
gegenüber seine selbstständigkeit so sehr wahrt, dass es sogar
im casus nach dem vorhergehenden subst. sich richtet, auf welches
es sich bezieht, dass also die relative kraft allein in der betreffenden partikel liegt oder wenigstens liegen kann.

An zweiter stelle führt Graff an, diese construction (d. h.
wegfall des dem.) sei ganz gut begründet, weil gerade das dem

relativen satze angehörige **pronomen den gegenstand** bezeichne,
auf den sich die flectirende kraft des vordersatzes beziehe; in
dem satze: „*er antwurta demo za imo sprah*" sei „*der za imo sprach*"
derjenige, dem geantwortet werde, und diesem relativen *der* komme
daher auch der casus zu, den das vorhergehende verbum ant-
worten erfordere. — Käme dem rel. dieser casus wirklich zu,
wie Graff meint, so wäre es doch auffallend, dass diese fälle, wenn
wir das ganze der schriftdenkmäler überblicken, so sehr selten
sind; in der bei weitem grössten anzahl von fällen läge also ein
logischer fehler vor. Wer soll das glauben? Ausserdem scheint
Graff zu vergessen, dass die jetzt untergeordneten sätze früher
beigeordnete waren, und dass, worauf von gelehrten schon oft
hingewiesen worden ist, die verschiedenen ersatzmittel des rel. pron.
in den einzelnen germanischen sprachen auf eine verhältnissmässig
späte bildung der untergeordneten sätze hinweisen; denn sind
dieselben auch wirklich zu subordinirten geworden, so muss doch
das dieselben einleitende pronomen seine abhängigkeit von dem
verbum behaupten, von dem es ursprünglich abhängig war; wird
es vom verbum des hauptsatzes beeinflusst, so ist dies als ausnahme zu bezeichnen. Anders stünde es, wenn es für „*demo za
imo sprach*" „*den o spechentin*" hiesse. Aber identificiren lassen
sich diese beiden ausdrucksweisen nicht, wie es hier von Graff
geschieht.

Die dritte einwendung desselben gelehrten beruht auf einer
stelle der fragm. theot. 7, 24: *galihho ist gataan himilo rihhi manne
demo saïta guotan* .... == *simile factum est regnum caelorum ho-
mini, qui seminavit bonum* .... Graff stützt sich darauf, dass hier
das rel. pron. nur als solches stehe, und nicht zugleich ein dem.
in sich schliesse, trotzdem aber eben solcher casussetzung unter-
worfen werde. — Derartige stellen sind nicht eben häufig; zwei
ähnliche wurden oben p 30 angeführt, wo *neowihtes* und *anderes
manages* den nom. des rel. pron. in den genetiv umgewandelt hatten.
Dass *alles des* für *alles daz* unter umständen auch so aufgefasst werden könne, wurde p. 39 bemerkt. Sie belegen aber
höehstens die durchaus nicht wunderbare thatsache, dass gelegentlich auch andere worte, als das dem. pron. ein folgendes rel. pron.
in progressiver assimilation afficiren können; so hat in Graffs
beispiel der dativ *manne* das folgende rel. *der* beeinflusst. Das

übergewicht des demonstrativen elementes ist also auch durch diese stelle nicht widerlegt.

Einen schritt nach der entgegengesetzten seite zu thut Steinthal in seinem mehrmals citirten aufsatze. Indessen konnte er sich von der auffassung Grimms so wenig emancipiren, dass er sich geradezu selbst widerspricht. Es heisst da p. 174 s.: „Der gang, den die deutsche redenweise nahm, scheint der gewesen zu sein, dass man zuerst aufhörte, neben dem attrahirten relativum noch das demonstrativum zu gebrauchen." Mit diesen worten steht Steinthal noch ganz auf dem boden Grimms. In den folgenden sätzen sucht er nun eigentlich dies zu beweisen, weist aber sonderbarer weise gerade das gegentheil nach. Um dies deutlich zu machen, muss ich die ganze stelle ausschreiben. „Da diese beiden pronomina im deutschen gleichlautend sind, oder genauer gesprochen, da das deutsche relativum nur das demonstrativum ist, welches durch die weise der verwendung und betonung relativen sinn erhält, so muss bei der attraction eine verbindung entstehen, wie: *alles des, des.* Das schleppende solcher wiederholung musste gerade um so fühlbarer und störender werden, als die attraction ja das erzeugniss der voreiligkeit war, mit der das dem. das rel. hob und formte, also an sich zog, ohne abzuwarten, zu welcher form dasselbe durch sein regierendes verbum bestimmt würde.*) In diesem negativen (?) grunde kommt ein positiver. Weil demonstrativum und relativum gleichlautend waren, konnte leicht eines ausfallen, wie wir uns auch z. b. häufig so verschreiben, dass wir von zwei ganz gleichen, aufeinander folgenden oder nur wenig getrennten sylben oder wörtern das eine auslassen. Das schneller vorgehende denken meint schon beim zweiten gliede zu sein, wenn die feder oder die zunge noch beim ersten ist Aus dieser analogie schon geht hervor, dass eigentlich nicht das erste „des" sondern das zweite, d. h. das relative wegfällt .... im deutschen ist gerade im gegentheil das anziehen des relativums durch das überwiegend betonte demonstrativum die regel, daher fiel das relativum aus."

---

*) Wäre diese annahme ganz richtig, so müsste sich auch attraction ursprünglicher genetive und dative durch andere casus nachweisen lassen Unsern obigen zusammenstellungen zu folge findet sich dies aber nie.

Der in diesem ganzen liegende widerspruch ist handgreiflich, um
so mehr, als hier nicht, wie p. 174 oben, von einer späteren
sprachstufe im gegensatz zu einer früheren, die rede ist. Steinthal nimmt also auslassungen des rel. pron. an, wenigstens an der
zuletzt angeführten stelle, indem er von demselben grundsatz
ausgegangen ist, wie wir, dass von zwei gleichlautenden pronominalformen leicht die eine fortfällt, und es ist begreiflich, dass
wenn wir die sache von diesem standpunkte aus betrachten, der
wegfall der zweiten dieser formen wahrscheinlich ist.

Es liesse sich ferner für diese ansicht geltend machen, dass
sehr häufig beim ausfall eines der beiden pronomina eine quantitätsbegriff vorausgeht, überwiegend formen von *all,* declinirt
oder undeclinirt. Es war von diesen schon pag. 39 die rede.
Wie oft in den nordischen sprachen, sowie im englischen, nach
all das rel. fortfällt, mit oder ohne beibehaltung des dem., wurde
früher hervorgehoben. Aber auch andere quantitätsbegriffe finden sich in solchen sätzen; z. b. *vil,* Gudr. 1591, 1: *vil dinges
des si brahten mit in ditze land; ein teil,* Freid. 18, 14: *ich weiz
ein theil des hie gschiht, genuoc* Dan. 20b: *und ander sus genuoc
der ir muot nâch hôhen êren truoc.* Ebenso nach negationen, z. b.
dur dat man se niht vertügen ne mach des se vor gerichte spreket.
Eine weglassung des rel. pron. nach diesen begriffen würde, wie
ich schon bei *all* andeutete, die vollste analogie in den verwandten
dialekten finden.

Es wird das wol alles sein, was sich für eine durchgängige
erhaltung des dem. pron. und den wegfall des rel. in den von uns
zuletzt behandelten stellen anführen lässt. Es will uns ebenso
wenig befriedigen, wie die von den vertretern der entgegengesetzten ansicht beigebrachten beweise. Und ich glaube in der
that, dass ein a l l e stellen treffendes gesammturtheil nicht gefällt
werden kann. Sehr richtig bemerkt Steinthal an der oben citirten stelle, dass das deutsche relativum nur das demonstrativum
ist, welches durch die weise der verwendung und betonung relativen sinn erhält. Desshalb ist auch die analogie der verwandten
dialekte hier nicht massgeben. Es hat sicherlich eine periode
in unserer hochdeutschen sprache gegeben, wo, bei noch nicht
so streng markirter wortstellung, es kaum zu entscheiden war,
ob ein satz als hauptsatz oder als nebensatz aufzufassen war,

d. h. ob das ihm einleitende pron. *der diu daz* demonstrative oder relative geltung hatte, während auf *t* (= got. *ei*) schliessende rel. pron. wol nie existirt haben. Wenn nun, um direkt auf unseren fall überzugehen, von zwei gleichlautenden nebeneinander stehenden pronominibus das eine wegfiel, oder, wol richtiger gesagt, beider funktion, die demonstrative und die relative, auf das eíne, übrig bleibende übertragen wurde, so muss dann wirklich in jedem einzelnen falle die verwendung und betonung, wie Steinthal sagt, darüber entscheiden, ob die demonstrative oder relative kraft praeponderirt. An einer anzahl von stellen haben wir ein untrügliches kriterium dafür, das bis jetzt meines wissens noch nicht angewendet worden ist, nämlich die gesetze des verses. Wenn es sich auch nicht leugnen lässt, dass z. b. in der Gudrunstrophe die cäsur zwischen der ersten und zweiten vershälfte so wenig schroff gehandhabt wird, dass subject und attribut (*wilden — walde, heizen — trehene, schoenen — vrouwen* etc.), sogar genitiv und regierendes wort (*helme — vil*) dadurch getrennt werden dürfen (vgl. Martins ausgabe der Gudrun pag. XIV), so werden wir doch, wenn das fragliche pronomen zu anfang einer zweiten verhälfte oder eines neuen verses steht, mag es sich nun um eine stelle aus dem Nibelungenliede oder aus einem höfischen epos handeln, daraus den schluss ziehen dürfen, dass in diesem falle die relative geltung überwiegt. Hierher gehören z. b. folgende mhd. stellen:

Nib. 122, 2 s. *reden er verbôt iht mit überwüele, des im wære leit.* König Rother v. 1239 s: *daz die ellenden môzen geniezen, des dir dîn vater lieze.* Wernh. Mar. 184, 25: *unz er gefrumt vil gar, des in die herren bâten.**)

Entsprechende stellen aus Otfrid sind sicherlich ebenso zu beurtheilen, z. b. II, 14, 4: *ni lazent thie arabeit es frist, themo uuarlicho man ist.* III, 20, 13 s: *Mir limphit, thaz ih thenke, theih sinu uuerk uuirke, thes mih zi diu uuanta, hera in uuorolt santa.* Kelle, dessen interpunktion im Otfried überhaupt mehr als unzuverlässig ist, setzt mit unrecht ein komma hinter *themo* und *thes.* — Stellen in dichtern, wo das betreffende pronomen nicht

---

*) Ebendahin gehört: Grimm, Sendschr. über R. F. v. 971 s. des textes: *er sagete fremediu mære — des in deme sôde wâre,* vgl. Gr. anm. z. b. st. p. 58.

unmittelbar vor oder nach der cäsur steht, und entsprechende prosabeispiele sind freilich schwieriger richtig zu interpungiren. Zuweilen entscheidet die betonung z. b. Musp. 25: *wé demo in vinstri scal sind virind stûen*, ist nach der interjection *demo* doch unzweifelhaft als dem. aufzufassen. Ebenso wol auch die schon erwähnte stelle: *er antwurta demo za imo sprach* = *respondit illi, qui locutus est ad eum.* Ebenso wird die caesur an den hierher gehörigen stellen des Hêliand zu entscheiden haben.

Eine vollständige analogie zu dieser zeitweiligen unbestimmbarkeit eines pronomens liefert das ahd. *daz* in seiner — in der modernen orthographie auch dem auge sichtbaren — spaltung in das dem. pron. im neutrum (*das*), und die conjunction (*dass*). Auf der älteren stufe unserer sprache ist es häufig nur auf grund der versabtheilung oder gelegentlich aus der interpunktion der handschrift zu entscheiden, welche geltung das wort hat. Zu den M. S. D. p. 449 aufgezählten stellen, wo auf die erwähnten criterien hin dem *daz* der ältere pronominale werth zuzuerkennen ist, füge ich folgende aus Otfrid II, 2, 8: *ioh gizalta in sar thaz, thiu salida untar in uuas.* III, 2, 31 s.: *Herero zellen uuir thir thaz, tho sibunta zit thes dages uuas, gesteren, so sie sahun, tho uuard er ganzer gahun.* II, 21, 14: *giuuisso uuizist thu thaz, in thiu gisteit iz allaz.* III, 11, 15: *Giuuisso uuizist thu thaz, bi thiu gisceinta siu thaz.* III, 16, 25 s.: *Giuuisso*) uuizit ir thaz, moyses er ni deta thaz, mit datin odo mit uuorton mir uuolti uuidaruuerton.* III, 14, 99: *Uuiht, quad, sagen ih iu thaz, ni nemet scazzes umbi thaz.* IV, 26, 19: *Ja saget man thaz**) zi uuaru, sie scriglin fon theru baru.* O. H. 17 s.: *Uuanta unser lib scal uuesan thaz, uuir thionost duen io thinâz, thaz huggen thera uuunnu mit kristes selbes minnu.* Ebenso V, 23, 287 s. — Die analogie wird treffend erscheinen, wenn wir bedenken, dass jenes *daz* in seiner umwandlung von dem. pron. zur conjunction auch nur wieder ein beweis ist für die nach und nach vor sich gehende formation subordinirter sätze durch übergang von dem. pronominibus in relativa; sind doch in allen germ. sprachen die partikeln, die das declinirbare rel. pron. er-

---

*) Nach *giuuisso* ist natürlich, im blick auf die beiden vorigen stellen, wieder einmal Kelles komma zu streichen.

**) Die beiden, *thaz* einschliessenden kommata Kelles sind falsch.

setzten, zugleich, wie das lat. *quod,* conjunctionell angewendet worden; so im nord. *er,* im ags. und alts. *the,* im goth. *ei.* —

Ein hauptstützpunkt für die ansicht J. Grimms hinsichtlich der uns beschäftigenden frage liegt aber nicht im bereiche der bis jetzt von uns besprochenen germanischen sprachen, sondern in der analogie des gothischen. Ich will zuerst die stellen, auf welche Grimm sich beruft, mit hinzufügung einiger von ihm übergangenen, herschreiben, und zwar in derselben übersichtlichen weise, wie es bei den übrigen dialekten geschehen ist, um daran weitere bemerkungen anzuknüpfen.

I. Genetiv für accusativ:

Luc. 9, 36: *Jah eis þahaidedun jah mann ni gataihun in jainaim dagam ni vaiht þizei gasehvun* = καὶ αὐτοὶ ἐσίγησαν καὶ οὐδενὶ ἀπήγγειλαν ἐν ἐκείναις ταῖς ἡμέραις οὐδὲν ὧν ὥρακαν. 2 Cor. 12, 17: *Ibai þairh hvana þizeei insandida du izvis, bifaihoda izvis?* = μή τινα ὧν ἀπέσταλκα πρὸς ὑμᾶς, δι' αὐτοῦ ἐπλεονέκτησα ὑμᾶς; Luc. 18, 12: *Afdailja taihundon dail allis þize gastalda* = ἀποδεκατῶ πάντα ὅσα κτῶμαι. Luc. 2, 20: *hazjandans guþ in allaize þizeei gahausidedun jah gasehvun* = αἰνοῦντες τὸν Ͽεὸν ἐπὶ πᾶσιν οἷς ἤκουςαν καὶ ἴδον.

II. Dativ für accusativ:

Joh. 6, 29: *þat ist vaurstv guþs, ei galaubjaiþ þammei insandida jains* = Τοῦτό ἐστιν τὸ ἔργον τοῦ Ͽεοῦ ἵνα πιστεύσητε εἰς ὃν ἀπέστειλεν ἐκεῖνος. Marc. 15, 12: *Hva nu vileiþ, ei taujau þammei qiþiþ þiudan Iudaie* = Τί οὖν Ͽέλετε ποιήσω ὃν λέγετε τὸν βασιλέα τῶν Ἰουδαίων; Joh. 7, 31: *ei Xristus, þau gimiþ, ibai managizeins taiknins taujai þaimei sa tavida?* = ὅτι ὁ Χριστὸς, ὅταν ἔλδῃ, μῆτι πλείονα στμεῖα ποιήσει ὧν οὗτος ἐποίησεν; Marc. 7, 5: *Duhve þai siponjos þeinai ni gaggand bi þammei anafulhun þai sinistans* = Διὰ τί οὐ περιπατοῦσιν οἱ μαϽηταί σου κατὰ τὴν παράδοσιν τῶν πρεσβυτέρων; Col. 1, 24: *Nu fagino in þaimei vinna faur izvis* = Νῦν χαίρω ἐν τοῖς παϽήμασιν ὑπὲρ ὑμῶν. 2 Tim. 3, 14: *Iþ þu framvairþis visais in þaimei galaisides þuk* = σὺ δὲ μένε ἐν οἷς ἔμαϽες.

III. Accusativ für nominativ.

Col. 4, 16: *Iah þan ussiggvaidau at izvis so aipistaule,*

*taujaiþ ei jah in Laudekaion aikklesjon ussiggvaidau, jah
þoei ist us Laudeikaion, jus ussiggvaid* = καὶ ὅταν ἀναγνωσθῇ
παρ᾽ ὑμῖν ἡ ἐπιστολή, ποιήσατε ἵνα καὶ ἐν τῇ Λαοδικέῳ
ἐκκλησίᾳ αναγνωσθῇ, καὶ τὴν ἐκ Λαοδικείας, ἵνα καὶ υμεῖς
ἀναγνῶτε.

IV. Dativ für nominativ.

Col. 3, 2: *þaimei iupa sind, fraþjaiþ, ni þaim þoei ana
airþei sind* = τὰ ἄνω φρονεῖτε, μὴ τὰ ἐπὶ τῆς γῆς.

So ordnen sich nach Grimms auffassung die belegstellen.

Das goth. *ei* und das altn. *es* werden von Scherer: Zur
geschichte der deutschen sprache p. 382 s. einander parallelisirt.
Und nicht mit unrecht; indessen fehlt es doch nicht an intensi-
veren unterschieden. Sowol das goth. *ei* wie das altn. *es* dienen
dazu, das relative verhältniss des einen satzes zum anderen aus-
zudrücken, beide werden durch demonstrative pronomina gestützt;
während dies aber im nordischen nur in der überwiegenden anzahl von fällen geschieht, so geschieht es gothisch fast ausnahm-
los; nur Neh. 5, 14: *Iah fram thamma daga ei anabauþ mis* etc.
ist eine vollkommen sichere stelle für den einzelgebrauch von *ei*
in diesem sinne. Beide können ferner mit dem sie stützenden
dem. pron. in engere lautliche verbindung treten, d. h mit demselben in ein wort zusammenschmelzen; während sich diese ver-
schmelzung aber im nordischen nur in der älteren zeit und auch
da nur vereinzelt findet, ist sie im gothischen zur regel geworden;
während endlich das nordische, zur stützung des rel. *er* an dasselbe vorn angefügte dem. pron. von dem casus, den *er* vertritt,
nur in wenigen fällen (vgl. oben p. 5 s.) beeinflusst wird, sich
vielmehr nach dem subst. richtet, auf welches es sich zurückbe-
zieht, so richtet es sich im gothischen nach dem darauf folgenden
ei im casus; mit einem wort: das nordische *es* (welches Scherer
l. c. für eine genetivform hält, ein casus, der im germ. zuweilen
in der that als vertreter des alten ablativ fungirt) hat sich eine
verhältnissmässig viel unabhängigere stellung bewahrt als das
mit ihm gleiche funktion habende goth. *ei*. Daher schreibt es
sich auch, wenn sogar in fällen, wo das eigentliche dem. —
wenn ich so sagen soll — unmittelbar vorhergeht, dasselbe gleich
darauf mit dem rel. *ei* wiederholt wird, z. b. Joh. 17, 9: *Ik bi
ins bidja; ni bi þo manaseþ bidja, ak bi þans, þanzei atgaft mis,*

unte þeinai sind = ἐγὼ περὶ αὐτῶν ἐρωτῶ, οὐ περὶ τοῦ κόσμου ἐρωτῶ, ἀλλὰ περὶ ὧν δέδωκάς μοι, ὅτι σοί εἰσιν. — Die frage ist nun, ob in den obigen stellen das dem. mit *ei* unlösbar zu einem declinirbaren rel. pron. verbunden ist, oder ob man annehmen kann, dass es sich seine eigenschaft als demonstrativum wahrt, in welchem falle eine attraction natürlich nicht anzusetzen wäre. Grimm selbst hat sich darüber zu verschiedenen zeiten ganz verschieden geäussert, immerhin ein beweis davon, wie sehr schwierig es auch für jenen scharfsinnigen forscher war, dies problem endgültig zu lösen. Vorausschicken will ich, dass ein grundsatz, den Grimm (D. Gr. III, p. 11 s.) an die spitze seiner untersuchungen über die zusammengesetzten pronomina stellt, für seine damalige und für unsre behandlung derselben massgebend geworden ist: „In der grammatischen untersuchung ist es erlaubt und sogar förderlich, uneigentliche zusammensetzungen anzunehmen, die ihrem begriffe nach nichts als die regelmässige folge solcher wörter ausdrücken." Ueber unsere frage speciell äussert sich Grimm l. c. p. 16 dahin, dass in diesen fällen das rel. einzig auf der partikel *ei* beruhe, da man nicht anders erklären könne, als z.b. *nivaiht þis ei gaséhvun, hvana þizé ei sandida,* während er in seiner oft citirten abhandlung über einige fälle der attraction meint, das rel. werde in den casus des weggefallenen dem. gezogen.

Prüfen wir also den thatbestand noch einmal im blick auf die verwandten dialekte. Dass *ei* auch allein als relative partikel vorkommt, belegt schon die oben citirte stelle Neh. 5, 14. Dass auch die conjunction *ei* = dass, damit, mit der relativpartikel identisch ist, wurde p. 46 angedeutet; stellen wie Luc. 1, 20: *und þana dag, ei vairþai þata* (vgl. Joh. 9, 17; Luc. 17, 30) bestätigen es. Ebenso müssen wir an stellen, wie Marc. 7, 18: *Ni fraþjiþ þammei all þata utaþro inngaggando in mannan ni mag ina gamainjan?* Marc. 4, 38: *Laisari, niu kara þuk þizei fraquistnam?* dem sinne nach unbedingt das dem. vom rel. trennen, da *ei* in diesen und ähnlichen fällen so nach der bedeutung „*dass*" hinneigt, dass ein einfaches rel. pron. uns garnicht verständlich sein würde. Wenn aber das blosse *ei* die function des relativi zu versehen hat, so leuchtet ein, dass dann auf dem rel. bedeutend weniger gewicht liegt, als wenn ein dem. eng damit verbunden ist. Diese erleichterung **des** rel. pron. würde — wenn wir das eben **erörterte auf die scheinbaren fälle** der attraction anwenden — dem wegfalle desselben in den übrigen germanischen sprachen am nächsten kommen. Nun sahen wir, dass dieser wegfall am leichtesten eintrat, wenn das rel. pron. im accusativ oder nominativ stand; im gothischen tritt, wenn wir das mit *ei* lautlich verbundene dem. als solches betrachten, die isolirnng des *ei* ebenfalls — wie sich aus unserer obigen zusammenstellung ergiebt — nur dann ein, wenn dasselbe einen dieser beiden casus vertritt. Die weglassung des rel. pron. trat ferner in den andern dialekten — von hoch- und niederdeutsch abgesehen — dann am häufigsten ein, wenn ein quantitätsbegriff vorausging; so hier *allis* Luc. 18, 12, *allaize* Luc. 2, 20, oder wenn der hauptsatz einen negativen begriff enthielt, so hier Luc. 9, 36 *ni vaiht:* ebenso werden wir 2 Cor. 12, 17 auffassen können, da das ganze eine rhetorische frage ist, die eine negation involvirt, wie schon das griechische μή lehrt; vgl. O. I, 17, 24, worüber p. 22 ebenso geurtheilt wurde; an allen übrigen stellen aber muss, wie schon Grimm, d. gr. III p. 16 andeutet, das pronomen des vordersatzes nothwendig ausgedrückt werden; z. b. Marc. 15, 12 und Joh. 6, 29. Dass übrigens nicht nur an solchen stellen, wo im griechischen texte attraction eingetreten ist, dieselbe nach Grimms auffassung, gothisch erscheint — in welchem falle wir vielleicht sklavische nachahmung der griechischen construktion annehmen und formen wie *þizei, þammei* an den citirten stellen wirklich als declinirte relativa ansehen müssten —, sondern auch noch in einer anzahl anderer, oder solcher, wo die griech. attraction einen anderen casus verlangt, erhellt ebenfalls aus unserer übersicht.

Wenn wir hier also das zum rel. gehörige dem. sich auf das wort des vordersatzes, auf das es zurückweist, auch im casus beziehen lassen, eine attraction also nicht statuiren, so stellen wir damit nach dem oben gezogenen vergleiche zwischen *ei* und *es* etwas in den germanischen sprachen durchaus nicht analogieloses auf. So gut wie im nordischen sich vereinzelte beispiele mit gothischer rektion fanden, ebenso kann ohne bedenken angenommen werden, dass das gothische zuweilen die — jedenfalls ältere — nordische und angelsächsische weise adoptirt hat. Dazu kommt noch eines:

mir ist im nordischen keine stelle vorgekommen, wo neben dem das *er* stützenden dem. auch noch im vordersatz sich ein dem. pron. zeigte, während *all, annarr* etc. oft vorherging. Damit stimmt sehr gut, dass unter all den von mir oben ausgeschriebenen stellen sich ebenfalls nicht eine findet, die (wie Joh. 17, 9 *bi þans þanzei*) vor dem vermeintlichen relativum *þizei* etc. noch das eigentliche dem. aufzuweisen hätte. Für einen zufall werden wir diese gleichartigkeit doch schwerlich ansehen dürfen.

Wir werden daher zusammenfassend sagen: Im gothischen ist eine attraction im sinne des althochdeutschen und altsächsischen nicht aufweisbar, dagegen tritt zuweilen eine schwächung des rel. pron. ein, indem *ei* allein für dasselbe steht, während das verstärkungshalber lautlich damit verbundene dem. pron. sich im casus nicht nach *ei*, sondern nach einem worte im vordersatze richtet. Keine andere germanische sprache hatte einen so gewichtigen ausdruck für das rel. pron. aufzuweisen, wie das gothische; sollte daher ein übergewicht des demonstrativen elementes erzielt werden, so wurde in diesem dialekte durch die oben besprochene schwächung des rel. dasselbe erreicht, wie in den übrigen sprachen durch gänzlichen ausfall. So wäre also Luc. 18, 12 *allis þize* = *allis þis ei*, Marc. 7, 5 *bi þammei* = *bi þamma ei* etc.

Die von Grimm (im wiederabdruck seiner abhandlung, kl. schr. III, p. 315) gemachten einwendungen erledigen sich nach dem bisher gesagten von selbst. R. Förster schliesst sich in seiner oben citirten schrift: De attractione enuntiationum relativarum pag. 7 ss. an Grimm an und fügt zu den einwürfen desselben einige hinzu, pag. 9 s. Was erstens den grund anlangt, dass *þizeei, þammei, þaimei*, als eine form bildend mit gewissen lautlichen abänderungen der dem. form, auch syntactisch für ein wort gehalten werden müsse, so verweise ich auf den p. 48 citirten ausspruch Grimms, vor allem aber auf die pag. 6 s. behandelten nord. formen. Ja es ist sogar fraglich, ob alle mit *ei* zusammengesetzten pron. formen als ein wort geschrieben werden dürfen; wenigstens behauptet Holtzmann: Altdeutsche gr. I, 1 p. 11, dass, da *ó* im gothischen vor vokalen nicht nachzuweisen sei, sondern in *au* überzugehen pflege, *só-ei, þóei, þizó-ei* für zwei wörter anzusehen seien. — Der zweite einwand wird durch unsere ganze anschauung der verhältnisse von selbst wi-

derlegt. Förster bemerkt, wenn die vertreter der entgegengesetzten ansicht recht hätten, so müsste *saei* nicht nur *hic qui*,
sondern auch *hic cujus, cui, quem, þizei* nicht nur *hujus cujus*, sondern auch *hujus qui, cui, quem* heissen können, was doch that-
sächlich nicht der fall sei. Die erläuterte doppelbeziehung des
zur stützung des *ei* verwendeten dem. pron. beseitigt diese schwie-
rigkeit ohne weiteres.

Schliesslich sei noch bemerkt, dass die anwendung des dem.
pron. a l l e i n für das relative wenigstens in bezug auf das declinirte
pronomen sich schwerlich wird erweisen lassen. Zum mindesten
ist es mir nicht zweifelhaft, dass an der stelle, die Heyne, Ulfilas
p. 268 als beleg anführt: Luc. 9, 30 s.: *jah sai, vairos tvai miþ-
rodidedun imma, þai gaþun uruns is, þai* eigentliches dem. pron. ist,
obwol im griech. οἳ entspricht. Der substantivische gebrauch
dieses pronomens ist an einer menge von stellen nachzuweisen. —

Fassen wir nun die durch unsere ganze erörterung gewonnenen
resultate noch einmal kurz zusammen.

Diejenigen germanischen dialekte, mit ausnahme des friesischen,
welche das nicht vorhandene rel. pron. durch eine partikel ersetzen, haben sämmtlich mehr oder weniger spuren von der auslassung dieser letzteren aufzuweisen, und zwar zeigt sich diese
besonders häufig dann, wenn das vorausgehende dem. pron. verstärkt oder ersetzt ist durch eine negation, einen quantitätsbegriff
oder einen superlativ; der grund dafür war darin zu suchen,
dass durch diese begriffe dem dem. mehr gewicht gegeben und
in folge davon das rel. noch tonloser wird, als es vorher schon
war. Im alts., althd., mhd., wo der form des dem. pron. zugleich
relative function zugetheilt ist, ist diese auslassung selten und
auch nicht für alle in betracht kommenden stellen direkt beweis-
bar; das übergewicht des demonstrativen elementes über das
relative zeigt sich aber auch hier, und zwar darin, dass der casus
des rel. pron. nicht selten beeinflusst, attrahirt wird durch den des
dem. pron., selbst wenn dann letzteres fortgefallen ist. Für das
gothische ist weder attraction noch weglassung, wohl aber
schwächung des rel. pron. zu erweisen. Es ergiebt sich aus alledem, dass, wie jedes wort mit ursprünglich demonstrativer kraft,
mochte es declinirbar sein oder nicht, schon dadurch gleichsam
seine selbständigkeit geopfert hatte, dass es relativ geworden

war, es auch dann noch, trotz seiner unterordnung, neuen be-
einflussungen und beeinträchtigungen von seiten des demonstrativ
gebliebenen pronomens ausgesetzt war. Wir haben darin also
eigentlich nur ein fortschreiten desselben prozesses zn sehn, der
in einer frühen sprachperiode aus coordinirten sätzen subordinirte
machte. — Für eine spätere zeit haben wir jedoch keine fort-
schritte desselben mehr zu verzeichnen; im gegentheil, von einer
attraction in Grimms sinne weiss keine der heutigen germanischen
sprachen mehr, und selbst die weglassung des rel. pron. findet
sich nur noch in schwedischen, dänischen und englischen, und
selbst in diesen dialekten nur, wenn es im accusativ, sehr selten
oder nie, wenn es im nominativ zu stehen hätte.

Noch eine erörterung zum schluss. Liesse sich nicht vielleicht
ein triftiger einwand gegen meine ganze auffassung der auf den
vorigen blättern besprochenen grammatischen erscheinung geltend
machen, ja, liesse sich nicht schon der titel meiner abhandlung:
Untersuchungen über den ausfall des relativ-pronomens, anfechten,
indem man das fehlen desselben für ein interessantes vermächt-
niss aus der zeit der rein parataktischen satzordnung erklärte?
Es hat diese anschauung für den ersten blick etwas bestechendes,
um so mehr, wenn wir dazu nehmen, dass die verbindung des
nebensatzes mit dem hauptsatze durch eine kopulativpartikel, wie
enti, ioh, ak, and etc., sich, wenn auch vereinzelt, doch in den
ältesten denkmälern der germanischen sprachen vorfindet (vgl.
meine notiz darüber: Ztschr. f. deutsche Philol. Bd. IV p. 347 ss).
Und doch ist diese auffassung irrig. Hinsichtlich des althd. und
mhd. ist zunächst zu berücksichtigen, dass ein dem jetzigen rel.
pron. entsprechendes pronomen dort auch in früherer zeit, als
der satzbau vorherrschend parataktisch war, nicht gefehlt hat;
es war sogar ihm gleichlautend, hatte aber demonstrativen werth,
wie ich dies oben pag. 45 an *daz* gezeigt habe. Den ausschlag
geben aber die nordgermanischen sprachen. Welchen zweck
hätte in sätzen wie: *Se hväteddig viggé veordod, se þät vicg byrd,*
das zweite *se*, das sich in bezug auf den casus an den vordersatz anschliesst, neben dem ersten *se*, wenn nicht den, eine aus-
gefallene relativ-partikel zu stützen (vgl. p. 15)? War diese nie
vorhanden, so ist jenes absolut unerklärbar, wenn wir nicht *se*
als indeklinabel = *þonne* ansetzen wollen, was doch undenkbar

ist. Mit den entsprechenden nordischen beispielen steht es ganz
ebenso. Dies fast ohne ausnahme bei fehlen des relativ-pronomens an der grenze zwischen vorder- und nachsatz placirte
demonstrativ-pronomen scheint mir ein untrüglicher beweis dafür,
dass die relativpartikel nicht als ursprünglich fehlend, sondern
als ausgefallen anzusehen ist.

Erst als der letzte bogen dieser abhandlung unter der
presse war, bekam ich den aufsatz Toblers: Ueber auslassung und
vertretung des pronomen relativum, Germania XVII NR V zu
gesicht, und konnte denselben natürlicher weise nicht mehr berücksichtigen. Da indessen meine auffassung sowol in bezug
auf einzelne punkte als auch hinsichtlich der erklärung der besprochenen grammatischen erscheinung im ganzen von derjenigen Toblers vielfach abweicht, und die vertretung des relativ-
pronomens, welcher jener fast die hälfte seiner arbeit gewidmet
hat, von mir nur accessorisch behandelt ist, während ich wiederum
auf beibringung geeigneter belegstellen mehr bedacht genommen
habe, so glaube ich meiner abhandlung, für die ich seit mehreren
jahren gelegentlich material gesammelt habe, auch neben jener,
wenigstens das recht der existenz zusprechen zu dürfen. Ohne
dem geschätzten gelehrten, der schon durch eine reihe von sorg-
fältigen untersuchungen unsere kenntniss der germanischen syntax
gefördert hat, dem ich mich in meinen leistungen nicht im ent-
ferntesten gleichstellen darf, in irgend welcher weise zu nahe
treten zu wollen, gestatte ich mir, im folgenden einige punkte,
in denen meine ansicht mit derjenigen Toblers nicht stimmt, in
aller kürze zusammenzustellen.

Nach Toblers meinung (vgl. l. c. p. 270) kommt im ahd.
thar immer nur nach pron. relat. zur verstärkung vor. Durch
die von mir p. 27 anm. angeführten stellen glaube ich auch den
absolut relativen gebrauch dieser partikel belegt zu haben.

Wunderbar ist, dass dem verfasser die auslassung des relativpronomens oder vielmehr der dasselbe ersetzenden partikel im

altnordischen, für die ich p. 7 s. belegstellen beibringe,*) gänzlich
entgangen zu sein scheint. Oder sollte Tobler an den betreffenden stellen den formen des demonstrativ-stammes *sa-þa* relativen
werth zusprechen wollen? Aber dagegen spricht doch sicherlich
schon der casus (vgl. p. 27), ganz abgesehen davon, dass die
vereinzelung solcher stellen jene annahme wol unmöglich macht.
Mindestens hätten diese fälle eine eingehendere besprechung er-
fordert. Ebenso werden auch die einschlägigen angelsächsischen
stellen mit stillschweigen übergangen.

Was das dänische und schwedische angeht, so kann ich nicht
glauben, dass die drei von Tobler p. 279 s. beigebrachten stellen:
um then tíma hann var drepin; i thän stadh hans blodh var utgutit,
und: *i samma stadh han var drepinn* hinsichtlich ihrer construction
verschieden aufgefasst werden können; *then* hat mit *samma* sicherlich den gleichen, nämlich demonstrativen werth, ganz abgesehen
davon, dass, wie ich oben p. 15 bemerkte, meines wissens das
ältere dänisch und schwedisch eines declinirten relativpronomens
durchaus entrathet. Uebrigens ist nicht nur im neuschwedischen
(vgl. Tobler l. c. p. 280), sondern ebenso im neudänischen die
auslassung des relativ-pronomens im nominativ selten genug.
Stellen wie: *Det er jo mit eget yndige Alfebarn, der ligger!* == *Das
ist ja mein eignes liebliches elfenkind, welches da liegt* (Andersen),
sind ganz vereinzelt.

Der verschränkung wird vom verfasser ein sehr groser spiel-
raum eingeräumt und zur stützung dieser allerdings latinisirenden
construction lateinische parallelstellen beigebracht (p. 271 und
öft.), aber eben auch nur lateinische. Namentlich auch Iwein v.
6347 und Otfr. II, 14, 44 will sich dieser auffassung nicht fügen.
Ob der verfasser Otfr. I, 17, 74 *then weg* durch *eam viam* übersetzt, und ausfall des relat. annimmt, oder durch *quam viam,*
wird (p. 268) nicht ganz deutlich. Meine ansicht über die fraglichen stellen s. oben p. 35 ss.

Endlich noch ein wort über Toblers erklärung der mit dem
besten willen selbst für das hochd. nicht wegzudisputirenden

---

*) Zu den dort angeführten stellen fügt sich noch folgende, *Sig. saga
þögla,* A. M. 151 fol.: *þeir bræðr sögðu frá orrostum ok ferðum með al-
burðum þeim gerzt höfðu.*

auslassung des relativ-pronomens. Fürs erste ist die thatsache, dass bei Otfried sich häufig der conjunctiv in abhängigen sätzen auch ohne die conjunction *daz* findet, (Tobler p. 274 s) nur eine der auslassung des relativi parallele erscheinung, kann also nichts zur erklärung der letzteren beitragen. So richtig es ferner ist, dass aus dem begriff *all* sehr leicht ein relatives fügewort entwickelt werden kann, durch umsetzung desselben in *jeder der*, so könnte dieser umstand doch nur auf einen verschwindend kleinen theil der fraglichen beispiele licht werfen, gar keine anwendung z. b. finden auf die fälle, wo ein superlativ vorhergeht oder eine einfache negation, eben so wenig auf die weglassung des pron. rel. bei dem pron. der ersten und zweiten person im nom. Auch Tobler fühlt dies, und fasst dies letztere als einen rest aus der älteren zeit des nur parataktischen satzbaues auf (p. 278), während er diese ansicht p. 259 als unhaltbar, im voraus zurückgewiesen hatte. Zu denselben nothbehelf muss er p. 283 in betreff der entsprechenden erscheinung in den rom. sprachen greifen, wo an attraction so wenig gedacht werden kann, wie — zu folge meiner ausführung — in den nordgerm. sprachen.

Meine erklärung dagegen, welche auf die nach und nach grösser werdende herrschaft des hauptsatzes über den nebensatz das hauptgewicht legt, und dieselbe unterstützt findet durch im vordersatz enthaltene wörter von schwerer quantität, umfasst sämmtliche fragliche stellen in den germanischen wie in den romanischen sprachen und begründet zugleich die verwandtschaft zwischen jenen beiden syntactischen erscheinungen, der auslassung des relativ-pronomens und der attraction desselben durch das voraufgehende demonstrativum. Freilich ist auch diese erklärung vorerst nur eine Hypothese. Zu prüfen, ob und in wie weit sie durch Analogien in andern zweigen des indogermanischen sprachstammes bestätigt wird, ist eine aufgabe der indogermanischen syntax und liegt ausserhalb der engen grenze, die ich mir in dieser abhandlung gesteckt habe.

Strassburg, anfang oct. 1872.

LEIPZIG,

DRUCK VON MÜLLER & WAGNER.